AF186742

Tucholsky   Wagner   Zola   Scott   Sydow   Freud   Schlegel
Turgenev   Wallace   Fonatne

Twain   Walther von der Vogelweide   Fouqué   Friedrich II. von Preußen
Weber   Freiligrath   Frey
Kant   Ernst
Fechner   Fichte   Weiße Rose   von Fallersleben   Richthofen   Frommel
Hölderlin
Engels   Fielding   Eichendorff   Tacitus   Dumas
Fehrs   Faber   Flaubert
Eliasberg   Ebner Eschenbach
Feuerbach   Maximilian I. von Habsburg   Fock   Eliot   Zweig
Ewald   Vergil
Goethe   Elisabeth von Österreich   London
Mendelssohn   Balzac   Shakespeare   Dostojewski   Ganghofer
Lichtenberg   Rathenau   Doyle   Gjellerup
Trackl   Stevenson   Tolstoi   Hambruch
Mommsen   Thoma   Lenz   Hanrieder   Droste-Hülshoff
von Arnim
Dach   Verne   Hägele   Hauff   Humboldt
Reuter   Rousseau   Hagen   Hauptmann   Gautier
Karrillon   Garschin
Defoe   Baudelaire
Damaschke   Descartes   Hebbel
Hegel   Kussmaul   Herder
Wolfram von Eschenbach   Dickens   Schopenhauer
Bronner   Darwin   Melville   Grimm Jerome   Rilke   George
Campe   Horváth   Aristoteles   Bebel   Proust
Bismarck   Vigny   Barlach   Voltaire   Federer   Herodot
Gengenbach   Heine
Storm   Casanova   Tersteegen   Gilm   Grillparzer   Georgy
Chamberlain   Lessing   Langbein   Gryphius
Brentano   Lafontaine
Strachwitz   Claudius   Schiller   Kralik   Iffland   Sokrates
Katharina II. von Rußland   Bellamy   Schilling
Gerstäcker   Raabe   Gibbon   Tschechow
Löns   Hesse   Hoffmann   Gogol   Wilde   Gleim   Vulpius
Luther   Heym   Hofmannsthal   Klee   Hölty   Morgenstern   Goedicke
Roth   Heyse   Klopstock   Kleist
Luxemburg   Puschkin   Homer   Mörike   Musil
La Roche   Horaz
Machiavelli   Kierkegaard   Kraft   Kraus
Navarra   Aurel   Musset   Moltke
Lamprecht   Kind   Kirchhoff   Hugo
Nestroy   Marie de France
Laotse   Ipsen   Liebknecht
Nietzsche   Nansen   Ringelnatz
Marx   Lassalle   Gorki   Klett   Leibniz
von Ossietzky   May   vom Stein   Lawrence   Irving
Petalozzi   Knigge
Platon   Pückler   Michelangelo   Kock   Kafka
Sachs   Poe   Liebermann   Korolenko
de Sade   Praetorius   Mistral   Zetkin

Der Verlag tredition aus Hamburg veröffentlicht in der Reihe **TREDITION CLASSICS** Werke aus mehr als zwei Jahrtausenden. Diese waren zu einem Großteil vergriffen oder nur noch antiquarisch erhältlich.

Symbolfigur für **TREDITION CLASSICS** ist Johannes Gutenberg (1400 — 1468), der Erfinder des Buchdrucks mit Metalllettern und der Druckerpresse.

Mit der Buchreihe **TREDITION CLASSICS** verfolgt tredition das Ziel, tausende Klassiker der Weltliteratur verschiedener Sprachen wieder als gedruckte Bücher aufzulegen – und das weltweit!

Die Buchreihe dient zur Bewahrung der Literatur und Förderung der Kultur. Sie trägt so dazu bei, dass viele tausend Werke nicht in Vergessenheit geraten.

Erinnerungen einer Schwiegermutter - Erster Band

Erster Band

George Robert Sims

Impressum

Autor: George Robert Sims
Übersetzung: F. Mangold
Umschlagkonzept: toepferschumann, Berlin

Verlag: tradition GmbH, Hamburg
ISBN: 978-3-8424-1436-5
Printed in Germany

Text der Originalausgabe

George R. Sims

Erinnerungen einer Schwiegermutter

Erster Band

1894

Erste Erinnerung.

Ich.

Seit unvordenklichen Zeiten ist es Mode gewesen, Schwiegermütter der Lächerlichkeit und Verachtung preiszugeben. Ob der Ausdruck »unvordenkliche Zeiten« ganz zutreffend ist, weiß ich nicht, denn ich bin nicht Schriftstellerin von Beruf, und in meiner Jugendzeit wurden junge Mädchen nicht so fein erzogen, als heutigestags. Einfaches Schreiben, einfaches Nähen und einfaches Kochen, und ich kann vielleicht noch hinzufügen, einfach und offen meine Meinung sagen, das ist's, was ich von meiner lieben Mutter gelernt habe.

Meine Mutter sprach immer offen ihre Meinung aus. Häufig habe ich gehört, wie sie meinem Vater sagte, wenn er ihr Vorwürfe über etwas machte, was sie in Gesellschaft gesprochen hatte:»Ich kann nicht anders, Zacharias, ich sage immer offen meine Meinung und werde das stets thun, und wenn sich die Leute beleidigt fühlen, kann ich's nicht ändern.«

Als Mädchen habe ich gesprochen, wie mir der Schnabel gewachsen ist, als junge Frau habe ich's ebenfalls gethan, und jetzt, wo ich eine Frau mittleren Alters bin, thue ich's immer noch, und werde es auch in diesen Erinnerungen thun. Ich weiß, daß ich manchmal damit angestoßen habe. Eine Frau mit vier verheirateten Töchtern, drei verheirateten Söhnen, einer unverheirateten Tochter, die noch bei mir ist, einem lieben, kleinen, nichtsnutzigen Jungen von elf Jahren als Nesthäkchen, einem Manne, der noch nicht einmal»Buh« zu einer Gans sagen kann, es sei denn, die Gans wäre seine eigene Frau, und der während der ganzen fünfundzwanzig Jahre unsrer Ehe alle unangenehmen Dinge zu thun mir überlassen hat, muß hie und da anstoßen, wenn sie ehrlich ist und kein Blatt vor den Mund nimmt.

Natürlich, wenn mein Mann – nicht, daß ich ein Wort gegen ihn als Mann sagen möchte – seine Pflicht als Gatte und Vater gethan hätte, dann würde ich in gewissen Kreisen nicht im Rufe stehen, ein Drache zu sein. Diesen schönen Ausdruck habe ich einmal von einem jungen Manne aus einer Eisenhandlung in meinem eigenen

Hause, meinem eigenen Dienstmädchen gegenüber auf mich anwenden hören.

Drache oder nicht, ich habe seinem Prinzipal nicht gestattet, meinen Mann übers Ohr zu hauen; denn der versteht wirklich nicht besser, was die Sachen wert sind, als ein Kind, und man darf ihn nie allein in einen Laden gehen lassen. Er glaubt alles, was die Kaufleute ihm vorschwatzen, und kann nicht leiden, wenn man »schachert«, wie er's nennt. Ich habe ihn einmal mitgenommen, als ich mir einen Hut kaufen wollte, weil er gesagt hatte, er hätte einen in einem Schaufenster gesehen, der mir sehr gut stehen würde, und ich denke noch daran, was für einen Auftritt er machte. Ich hatte kaum ein halbes Dutzend aufprobiert, als er anfing, mit seinem Spazierstock zu fuchteln und unruhig umherzutrippeln, und er verlangte, ich sollte ein schauderhaftes Ding nehmen, worin ich aussah wie eine Vogelscheuche. Ich wußte gleich, was er wollte. Er meinte, ich mache dem jungen Frauenzimmer im Laden zu viel Mühe. »O, natürlich,« sagte ich, »dir ist's einerlei, ob ich wie eine Vogelscheuche aussehe; du denkst immer nur an andre Leute.«

Ich sprach das laut, und er wurde so rot wie ein Puterhahn, was eine unangenehme Gewohnheit von ihm ist, wenn ich in Gegenwart andrer Leute mit ihm spreche.

»Ich wünsche durchaus nicht, daß du wie eine Vogelscheuche aussiehst, meine Liebe,« stammelte er; »aber du wirst doch nicht sämtliche Hüte im Laden aufprobieren und dann weggehen, ohne einen zu kaufen?«

Mir ist's immer unbegreiflich gewesen, warum Männer eine solche Scheu haben, aus einem Laden wegzugehen, ohne etwas zu kaufen. Die Ladendiener hätten's freilich am liebsten, wenn man alles kaufte, was im Laden ist; aber man geht doch nicht in ein Geschäft, um den Commis einen Spaß zu machen, sondern um seiner selbst willen; und wenn einem die Sachen, die man sieht, nicht gefallen, oder sie sind einem zu teuer, warum soll man dann was kaufen?

Zwei meiner Töchter arten in dieser Hinsicht ihrem Vater nach. Ich habe es erlebt, daß meine Tochter Sabine, wenn wir bei Shoolbred oder Whiteley oder Marshall oder Snelgrove waren und nichts gefunden hatten, was uns gefiel, wieder zurückrannte, wenn wir schon draußen waren, und irgend einen albernen, nichtsnutzigen Firlefanz für fünfzig Pfennige kaufte, und wenn ich ihr wegen dieser Geldverschwendung Vorwürfe machte, dann sagte sie:»O, Mama, wir haben den Leuten so viele Mühe gemacht; ich mußte doch etwas kaufen.«

Der alberne Gedanke, etwas kaufen zu müssen, hat auch meinen Mann dazu gebracht, den Essig- und Oelständer bei dem Eisenhändler in Tottenham Court Road zu nehmen, der nachher den jungen Menschen veranlaßte, mich meinem eigenen Zimmermädchen gegenüber Drache zu nennen. Und das unverschämte Frauenzimmer hatte die Frechheit – es wußte nicht, daß ich auf der Treppe stand – zu sagen, das wäre ich auch, und ich würde dem armen Herrn bis an sein seliges Ende wegen des Essig- und Oelständers die Ohren voll reden. Der arme Herr! Ich muß wirklich sagen! Na, ich habe ihr den armen Herrn angestrichen, und am nächsten Ersten ging sie, und wenn ihre Mutter nicht gekommen wäre und hätte sich auf meine Muttergefühle berufen, dann wäre ihr ein Zeugnis mitgegeben worden, das sie nicht hinter den Spiegel gesteckt haben würde. Aber heutigestags nehmen sich die einfältigen Dienstboten viel zu viel heraus.

Dem Eisenhändler habe ich auch keine Schmeicheleien, aber ordentlich meine Meinung gesagt, und das thäte ich unter allen Umständen wieder, und wenn es zwanzig Eisenhändler wären.

Die Sache kam nämlich so: Eines Tages beim Essen sagte ich, wir hätten keinen anständigen Essig- und Oelständer. Wir hatten ja ein paar, aber es waren lauter so schwache, dumme, wackelige Dinger, und ich mußte immer an den meiner lieben Mutter denken, den ich als Kind so bewundert hatte, und der wirklich jedem Tische zur Zierde gereichen konnte. Meine beiden Jungen wollten sich Pfeffer nehmen, und dabei stießen sie den Ständer um, und das schöne reine Tischtuch (eins von meinem besten Dutzend) war ein See von Essig, Oel und Worcestersauce, von Senf gar nicht zu reden. Ich sprach mich also ganz unverhohlen aus und sagte, das sei nicht die Sorte von Essig- und Oelständer, die ich erwartet, als ich einen wohlhabenden Mann geheiratet hätte.

Was thut mein armer, thörichter Mann, der gutherzigste Mensch, der jemals geatmet hat? Er rennt am nächsten Tage zu dem Eisenhändler in Tottenham Court Road und läßt sich die besten Essig- und Oelständer zeigen, die der hat. Warum er in einen Eisenladen gegangen ist, weiß ich nicht, und ganz besonders in so einen, der so viel Reklame macht und Feuerzangen und Müllschippen vor der Thür hängen hat, um Käufer anzulocken; aber da ist er hingegangen, und der Eisenhändler mag wohl auch gleich gemerkt haben, wes Geistes Kind ihm da in die Hände gelaufen war, und beschwätzt ihn, ein gemeines, großes, garstiges Ding zu kaufen und sechs Guineen dafür zu bezahlen. Sowie es gebracht wurde, sah ich auf den ersten Blick, daß es Plunder war, und als John – so heißt mein Mann – mir sagte, was er dafür bezahlt habe, war ich geradezu entsetzt. »Wenn du dir einbildest, daß ich mich so beschwindeln ließe, dann bist du auf dem Holzwege. Ich werde das Ding sofort zurückschicken und das Geld wieder verlangen.«

Und nun fing er an zu reden und sagte, er hätte es gekauft und bezahlt, und es wäre weiter nichts als Vorurteil von mir, weil er es ausgesucht hätte. Ueber eine Stunde haben wir geredet und geredet, aber er war eigensinnig und sagte, ich könne nicht erwarten, daß er in den Laden ginge und dem Manne sagte, seine Frau sei der Ansicht, er wäre ein Esel. Dieser Satz scheint mir nicht ganz klar zu sein. Mit dem »sein« und »er« kann ich nie ordentlich zurechtkommen; ich bin eben keine Schriftstellerin von Beruf, aber daß des Eisenhändlers Frau behauptet habe, er – das heißt ihr Mann – sei ein Esel, wollte ich nicht sagen, denn davon weiß ich nichts. Es ist so viel leichter, auszusprechen, was man meint, als es zu schreiben, und es gelang mir, meinem Manne meine Meinung begreiflich zu machen. »Wenn du den Essigständer nicht zurückbringen willst, dann werde ich es thun,« und ich wickelte ihn in das lumpige, dünne rosa Seidenpapier, worin er gebracht worden war, nahm ihn am Henkel und machte mich sofort auf den Weg.

Als ich in den Laden kam, stellte ich ihn auf den Tisch und sprach zum Kaufmann, der mich anglotzte, als ob er noch nie eine entrüstete Frau gesehen hätte: »Sie werden so gut sein und mir die sechs Guineen, die mein Mann, Mr. Tressider, gestern für dieses erbärmliche Ding bezahlt hat, zurückgeben.«

»Ich verstehe Sie wohl nicht recht, Madame?« »O, ich werde Ihnen schon klar machen, was ich meine,« antwortete ich. »Mein

Mann versteht nichts von Essigständern und hat Ihnen sechs Guineen für diesen bezahlt. Ich weiß, wie ein Essigständer beschaffen sein muß, und ersuche Sie, mir das Geld wiederzugeben.«»Wenn Sie damit nicht zufrieden sind, Madame, bin ich gern bereit, ihn umzutauschen – aber wieder herausbezahlt haben wir noch nie etwas.«

»Dann müssen Sie's jetzt zum erstenmal thun.«

Er räusperte sich und starrte mich an, aber ich ließ mich nicht ins Bockshorn jagen, denn ich wußte, daß ich ihm über war. Er konnte mich nicht hinauswerfen, und die andern Kunden hatten ihre Verhandlungen unterbrochen und hörten auf uns. Wie ich später erfuhr, war eine Dame da, die eine große Bestellung für eine Aussteuer machte; sie stand ganz dicht bei mir und konnte jedes Wort verstehen. Der Kaufmann fürchtete vielleicht, sie möchte mißtrauisch werden und glauben, sie sei, wie mein Sohn John sagt, »vor die falsche Schmiede gekommen«. Jedenfalls sah er, daß er mit einer entschlossenen Frau zu thun hatte. So nahm er denn einen andern Ton an und sagte laut:»Ich wünsche keinem meiner Kunden einen Gegenstand aufzunötigen, der ihm nicht gefällt, und werde Ihnen das Geld zurückgeben, um weitere unangenehme Auseinandersetzungen zu vermeiden.« Und das that er.

Ich ging triumphierend nach Hause und legte das Geld vor meinen Mann auf den Tisch.»Da,« sagte ich,»wenn du dir den Rock vom Leibe schwatzen lassest, meinen kriegen sie nicht so leicht.«

Und dann steckte ich das Geld in meine Tasche und ließ ihn sitzen. Er ist lange Zeit nicht wieder in einen Laden gegangen, um Einkäufe fürs Haus zu machen, und ich habe mich mit dem alten Essigständer beholfen.

Ich habe diesen kleinen Vorfall erzählt, um dem Leser eine schwache Vorstellung von der Verantwortlichkeit zu geben, die als thatsächliches Familienhaupt auf meinen Schultern lag. Einen besseren Mann, als meiner in vieler Hinsicht ist, kann sich keine Frau wünschen, und ich muß ehrlich gestehen, ich wollte, meine Töchter wären ebenso glücklich angekommen. Aber wenn alles Unangenehme der Frau überlassen bleibt, dann kann man sich nicht wundern, daß sie in den Ruf kommt, das zu sein, was der unverschämte Schlingel aus der Eisenhandlung – er brachte nur eine ausgebesserte

Kohlenschaufel wieder, und wenn ich's gewußt hätte, wäre die Arbeit nie seinem Prinzipal gegeben worden – einen Drachen genannt hatte. Weiß der Himmel! Ich habe genug erlebt, was auch eine geduldigere Frau zum Drachen gemacht hätte! Man erzieht keine neun Kinder und verheiratet sieben davon, ohne daß man seinen Aerger hat und gelegentlich das Vertrauen in die menschliche Natur verliert, ganz zu schweigen von den Dienstboten und einem Manne, der, wenn auch ein sehr tüchtiger Geschäftsmann, bei der geringsten Unannehmlichkeit ganz hilflos ist und dabei doch so am Hause hängt, daß ich ihn nur mit der größten Schwierigkeit überreden konnte, um der Mädchen willen manchmal in Gesellschaft zu gehen. Nette Partieen hätten sie gemacht, wenn ich nicht gewesen wäre, und auch so mache ich mir wegen zweier meiner Schwiegersöhne ernstliche Sorgen. Meine Mädchen – Gott segne sie! – sind immer die besten Töchter gewesen, und jetzt sind sie Frauen, auf die jeder Mann stolz sein kann, aber ich habe meinen Mann nie dahin bringen können, die einem Schwiegervater gebührende Stellung einzunehmen. Wenn einmal ein ernstes Wort nötig war, dann mußte ich es immer sprechen, während ich doch der Ansicht bin, daß es des Vaters Sache ist, die Schwiegersöhne in Ordnung zu halten.

Man sagt gewöhnlich, ein Sohn sei ein Sohn, bis er sich eine Frau nehme, und eine Tochter bleibe das ganze Leben lang eine Tochter, und ich war von vornherein entschlossen, daß meine Töchter meinem Einfluß nie ganz entzogen werden oder meinen Rat entbehren sollten, wenn sie einen eigenen Haushalt hätten. Was meine Sühne anlangt – nun, ich kann nur sagen, daß ich anders für sie gewählt haben würde. Was aus John Tressider geworden wäre, wenn ich meines zweiten Sohnes William Frau geglichen hätte, weiß ich. Sie ist ein allerliebstes Frauchen und ihr Benehmen ganz reizend, so daß es wirklich schwer ist, sie zu tadeln, aber ihre Ansichten sind nicht die meinen. Ich zweifle manchmal, ob sie überhaupt Ansichten hat. Wenn die Leute sagen:»Wie reizend ist Ihres zweiten Sohnes Frau,« dann muß ich immer den Kopf schütteln, Ihre Schönheit, ihr einnehmendes Wesen – denn das besitzt sie unleugbar – haben William ganz blind dagegen gemacht, daß sie nichts vom Hauswesen versteht. Ich war geradezu entsetzt, als mir William einmal sagte, wie hoch seine Haushaltsrechnungen seien und wie viel er für ihre Kleider bezahle. Ich habe versucht, ihm Vorstellungen zu machen, und ihm zugeredet, einmal ernstlich mit Marion, so heißt sie nämlich, zu sprechen, und der ganze Dank, den ich davon hatte, war, daß er sagte:»O, Mutter, ich bitte dich um alles in der Welt, laß nur Marion in Frieden; sie ist so empfindlich und würde es sich so furchtbar zu Herzen nehmen. Sie hat die ganze Zeit über dem Metzgerbuch geweint, seit du den Rechenfehler von neun Schillingen gefunden hast. Du hast's ja gewiß herzlich gut gemeint, liebe Mutter, aber das und deine Frage bei unserm letzten Diner, wie viel sie für das Hammelfleisch bezahle, hat sie ganz unglücklich gemacht. Sie meint, du hieltest sie nicht für die rechte Frau für mich.«

Natürlich entgegnete ich, es sei doch eigentlich sehr hart, daß ich auch nicht die kleinste Bemerkung machen könne, ohne beschuldigt zu werden, meines Sohnes häusliches Glück zu untergraben. Ich habe bei der erwähnten Gelegenheit allerdings kein Blatt vor den Mund genommen, und ich hätte meine Pflicht als Mutter versäumt, wenn ich's gethan hatte.

Es kam so natürlich, William gab ein kleines Mittagessen, eine reine Familiengesellschaft; niemand, als seine und der lieben Marion (sie ist wirklich ein liebes Kind) Angehörige, und während wir beim Essen saßen, sprachen wir darüber, wie furchtbar teuer jetzt alles in London sei, und da sagte ich zu meiner Schwiegertochter:»Was bezahlst du denn in diesem Stadtteil für das Hammelfleisch, liebe Marion?«

Kann eine Schwiegermutter wohl eine harmlosere Frage stellen? Und doch, es ist kaum zu glauben, wurde das einfältige Ding puterrot, fing an zu stottern und sagte, sie wisse es nicht.

»Was? Das weißt du nicht?« entgegnete ich,»Rechnest du denn das Metzgerbuch nicht nach? Lässest du ihn anschreiben, was er Lust hat?«

Ich sprach ganz freundlich; aber mein Mann fing an, mir zuzublinzeln, und William, mein Sohn, starrte mich wütend an. Er hat eine sehr unangenehme Gewohnheit, einen anzustarren, die ich ihm schon, als er noch ein Kind war, abzugewöhnen versucht habe. Ich kann mir gar nicht erklären, wo er diese Gewohnheit her hat, denn sein Vater thut es nicht, und auch in meiner Familie war ein solches Anstarren nie Mode.

»Was ist denn los?« fragte ich, und dann bemerkte ich, daß dem albernen Ding die Augen voll Wasser standen. Das ärgerte mich, und ich sprach es auch aus, nicht unfreundlich, aber fest.

»Mein Kind,« sagte ich, »es thut mir leid, wenn ich dir wehe gethan habe, aber es war nur meine Mutterliebe, die mich zum Sprechen veranlaßte. Wenn es William gleichgültig ist, was du für das Hammelfleisch bezahlst, dann geht mich die Sache ja weiter nichts an.«

Einen Augenblick herrschte Schweigen, und dann begann mein Mann eine von seinen einfältigen Geschichten zu erzählen, aus der ersten Zeit, wo wir anfingen, hauszuhalten. Das that er natürlich nur, um dem Gespräch eine andre Wendung zu geben. Er hat die Geschichte schon an die hundert Mal erzählt, und sie wird immer sehr belacht, deshalb kommt er immer damit; ich habe aber nie herausfinden können, wo der Witz steckt.

Die Geschichte, die er immer sehr übertreibt, ist nämlich so: Kurze Zeit nach unsrer Verheiratung fand ich einmal eine Cigarrenrechnung von meinem Manne, und da ich gern wissen wollte, was alles kostet, fragte ich ihn, wie viele Cigarren er für das viele Geld bekäme, und er sagte es mir. Ich habe vergessen, wie viele es waren, aber ich weiß noch, daß nach meiner Rechnung jede etwa sechs Pence kostete.

Ich meinte, das wäre doch ein furchtbares Stück Geld für ein erbärmliches kleines Ding, das ein Mann in einer halben Stunde in die Luft pafft, und als ich eines Tages an einem Laden vorbeiging und einige Cigarrenkisten im Schaufenster sah mit einem Zettel daran: »Vorteilhafter Gelegenheitskauf,« kam mir der Gedanke, ich wollte einmal sehen, ob ich John seine Cigarren nicht billiger beschaffen könnte. Ich trat also ein, fragte nach dem Preise, und der Krämer sagte mir, das Kistchen von hundert Stück koste zehn Schillinge sechs Pence. Ich kaufte ein Kistchen und nahm es mit nach Hause, »Lieber John,« sagte ich, als er aus dem Geschäft kam, »ich glaube, es wäre besser, wenn du es in Zukunft mir überließest, deine Cigarren zu kaufen. Ich kann sie für zehn Schillinge sechs Pence das Hundert bekommen, und du hast fünfzig Schillinge bezahlt.« Mein Mann nahm eine heraus, betrachtete und beroch sie, fing an zu lachen und sagte, er wäre mir sehr verbunden, allein er möchte um meinetwillen noch ein paar Jahre leben. Ich glaube, er hat sie dem Gärtner geschenkt, der damals noch einmal wöchentlich kam, bis ich entdeckte, daß wir für seinen ganzen Jahreslohn nur vier Geranien und den Schmutz, den er an seinen Stiefeln mitbrachte, kriegten, und da habe ich der Geschichte ein Ende gemacht und den Garten mit Hilfe der Dienstboten selbst besorgt.

Ich weiß bis heutigestags nicht, weshalb John die Cigarren nicht rauchen wollte, weil ich weniger als den gewöhnlichen Preis dafür bezahlt hatte, Cigarre ist Cigarre, und die rauchten ganz prachtvoll, denn ich bin dem Gärtner einmal an einem Sonntag begegnet, wie er eine im Munde hatte, und sie roch viel stärker als die, die mein Mann gewöhnlich raucht. Aber alle Leute lachten über die Geschichte; ich ließ sie ruhig lachen und sagte weiter nichts.

Nach dem Essen kam William zu mir.

»Mutter,« sprach er,»ich weiß, du meinst es gut, aber Marion ist so ängstlich, und keine junge Frau hat es gern, wenn sie in Gegenwart ihrer Gäste als dumm hingestellt wird. Bitte, laß das in Zukunft.«

»O ja, William,« versetzte ich,»wenn es deine Frau nicht leiden kann, daß ich am Tische meines eigenen Sohnes einmal eine Bemerkung mache –«

Er sah, daß ich verletzt war, nahm mein Gesicht zwischen seine Hände und küßte mich.»Sei doch nicht ärgerlich, liebes Mütterchen. Wir wollen nicht mehr darüber reden. Du weißt, daß Marion dich für die vollendetste Hausfrau hält, die je gelebt hat, und das thue ich auch.«

William war immer ein guter Sohn, und sein Herz ist noch jetzt so weich und sanft, wie es als Kind war. Ich kann ihm nicht böse sein und habe das nie gekonnt, aber trotz alledem bin ich der Ansicht, daß eine junge Frau, die nicht weiß, was sie dem Metzger für Hammelfleisch bezahlt, nicht die rechte Frau ist für einen Mann, der sich sein tägliches Brot verdienen muß.

Schwiegermütter sind immer mißverstanden worden und werden es wohl auch stets werden. Niemand hat die Sache bis jetzt von ihrem Standpunkt aus beleuchtet. Das ist der Zweck meines Buches, und deshalb habe ich mich jetzt, wo alle meine Kinder bis auf zwei verheiratet sind und mir viel Zeit zur Verfügung steht, entschlossen, die Sache der am schwersten verleumdeten Menschenrasse auf der ganzen Welt zu vertreten. Ich bin fest überzeugt, daß sie in einem ganz andern Lichte erscheinen wird, wenn ich meine Erfahrungen erzählt habe. Daß ich dabei einige meiner Schwiegersöhne kränken und daß auch ein paar von meinen Schwiegertöchtern brummen werden, ist wohl vorauszusehen und thut mir auch leid, aber ändern kann ich's nicht; ich habe nie ein Blatt vor den Mund genommen und werde gewiß in meinen alten Tagen nicht damit anfangen.

Es ist die höchste Zeit, daß jemand ein Wort für die Schwiegermütter einlegt. In den meisten Büchern, die ich gelesen habe, sind sie ganz falsch dargestellt, und auf der Bühne werden sie immer lächerlich gemacht, wenn nicht noch was Schlimmeres. Ich habe niemals begriffen, weshalb ein so abgeschmacktes Vorurteil gegen sie besteht. Daß ein Mann, der ein junges, vertrauendes Mädchen, das noch nichts vom Leben weiß, heiratet, nicht gerade gern sieht, daß seine Schwiegermutter, eine erfahrene Frau von Welt, zu viel sehe oder wisse, kann ich wohl verstehen, aber es ist doch die Pflicht einer jeden Mutter, ihrer Tochter den richtigen Weg zu zeigen, wie sie ihren Mann behandeln muß, und ihr die Wohlthat der Erfahrungen zu teil werden zu lassen, die das arme Ding (die Schwiegermutter) mit Schmerzen erkauft hat.

Ich habe von jeher die Absicht gehabt, meine persönlichen Erlebnisse aufzuschreiben, und habe mir zu dem Zwecke Aufzeichnungen gemacht und ein Tagebuch geführt. Das habe ich immer unter Schloß und Riegel gehalten, denn mein Mann hat die sehr unangenehme Gewohnheit, jedes Stückchen beschriebenes Papier, das zufällig auf meinem Tische liegen bleibt, aufzunehmen und zu lesen; und ins Tagebuch schreibt man doch mancherlei, was nicht gerade für jedermanns Auge ist. Kommt mir nur nicht damit, daß Neugier ein vorherrschend weiblicher Fehler sei. Ich habe noch nie eine Frau getroffen, die halb so neugierig war, als einige Herren, die ich kenne. Hm, hm! Aber mein Tagebuch hat mein Mann nie zu sehen bekommen, und von meiner Absicht, meine Erfahrungen als Schwiegermutter zu veröffentlichen, weiß er auch nichts. Wenn ich ihm auch nur den leisesten Wink gegeben hätte, dann hätte er, wie ich keinen Augenblick bezweifle, in seiner thörichten, weichherzigen Art alle möglichen Einwendungen gemacht und gesagt, meine Schwiegersöhne und -töchter würden wenig erbaut von meiner Absicht sein.

Da ich aber nichts sagen werde als die Wahrheit, sehe ich wirklich nicht ein, was sie dagegen haben können. Jedenfalls werde ich sie nicht um Erlaubnis fragen. Was ich thue, das thue ich im Interesse einer sehr zahlreichen und sehr verkannten Menschenrasse, und wenn auch die Schwiegersöhne und -töchter hie und da Gesichter schneiden werden – es gibt eben wenig Menschen, die die Wahrheit vertragen können – bin ich ganz sicher, daß ich, ehe ich fertig bin, jede Schwiegermutter auf Gottes Erdboden zu Dank verpflichtet haben werde.

Soviel will ich als Einleitung über mich selbst vorausschicken. Etwas mußte ich sagen, obgleich ich nie zu den Leuten gehört habe, die viel von sich selbst reden. Aber ich möchte nicht gern mißverstanden werden, wenn ich auch eigentlich daran gewöhnt sein müßte, denn mein Mann hat mich nie verstanden, und meine Kinder haben auch meine mütterliche Sorge und Vorsicht für ihr Wohlergehen nicht so zu würdigen gewußt, wie ich das wohl hätte wünschen mögen. Ich bin aber nie davor zurückgeschreckt, meine Pflicht zu thun, und ich werde unerschütterlich fortfahren, sie zu thun, so lange mein Name Jane Tressider ist.

Ich werde nun zu meiner ersten Erfahrung als Schwiegermutter übergehen, oder vielmehr als zukünftige Schwiegermutter, dem peinlichen Augenblick, wo ich erfuhr, daß meine älteste Tochter Sabine Neigung zu einer nicht zum häuslichen Kreise gehörigen Persönlichkeit gefaßt hatte, und daß ein junger Mann wünschte, sie aus dem Schoße der Familie zu entführen und ihrer hingebenden Mutter zu entreißen! Für eine liebevolle Mutter ist es natürlich ein schwerer Schlag, wenn sie Anzeichen wahrnimmt, daß das erste ihrer Kinder den Schutz ihrer mütterlichen Fittiche zu verlassen wünscht. Ich schäme mich nicht, zu gestehen, meine erste Empfindung, als ich hörte, daß sich ein junger Mann in meine Tochter verliebt habe, war Entrüstung. Allerdings hatte ich auch Grund zur Entrüstung. Ich halte sein Benehmen – allein der junge Mann soll der Gegenstand meiner zweiten Erinnerung werden.

Zweite Erinnerung.

Miß Sabines Schatz.

»Miß Sabines Schatz!«

Das waren die Worte, die eines Morgens an mein entsetztes Ohr schlugen, als ich ohne den geringsten Gedanken an Horchen zufällig ein Gespräch zwischen dem Zimmermädchen und der Köchin mitanhörte. Ich war in die Küche gegangen, um nach dem Backofen zu sehen, denn die Köchin schob die Schuld immer auf diesen, wenn Kuchen oder Pasteten entweder nur halb gar, oder zu Kohle verbrannt auf den Tisch kamen.

Ich habe jetzt sehr viel Erfahrung im Haushalt, aber noch nie habe ich eine Köchin und einen Backofen gefunden, die zu einander paßten. Mein Ofen backte für einige zu rasch, für andre zu langsam. Was die Köchinnen über den Ofen sagen, weiß ich ganz genau, aber ich möchte sehr gern 'mal hören, was der Ofen über die Köchinnen sagen würde, wenn er sprechen könnte. Und, der Ofen hat die Schuld auf sich zu nehmen, nicht nur, wenn das Gebäck mißrät, sondern auch wegen der Kohlen. Die Art, wie in unsrer Küche die Kohlen verschwinden, ist geradezu entsetzlich. Kaum ist der Keller gefüllt, so ist er auch schon wieder leer, und wenn ich klage und die Dienstboten darauf aufmerksam mache, daß die Kohlen ein kleines Vermögen kosten, und daß mein Mann und ich nicht gern infolge der unsinnigen Verschwendung der Dienstboten unsre alten Tage im Armenhause verleben möchten, dann wird mir stets entgegengehalten, daß der Fehler ganz allein am Roste liege. Es ist ein verschwenderischer Rost, ein Rost, der ungeheure Massen von Kohlen verschlingt, ein Rost, worauf ein kleines Feuer zu unterhalten rein unmöglich ist, und die ganze Hitze geht zum Schornstein hinaus.

Ich habe Unsummen ausgegeben und alles mögliche versucht, um den Ofen und den Rost in Ordnung zu bringen, damit die Dienstboten keine Entschuldigung für ihre Faulheit und Nachlässigkeit haben sollten. Ich habe Backsteine hinter den Rost legen und allerhand Vorrichtungen am Schornstein anbringen lassen, und mein Mann hat sogar einen Sachverständigen zu Rate gezogen, der für seine Untersuchung des Ofens eine Guinee berechnete, an einem regnerischen Tage kam, seine Stiefel nicht abkratzte, seinen nassen Schirm ins Eßzimmer stellte und den ganzen Teppich volltröpfelte. Und dann ging er fort und schickte meinem Manne eine Zeichnung für so eine neumodische Geschichte, die siebzig Pfund kosten sollte und so aussah, als ob das halbe Haus abgerissen werden müßte, um sie aufzustellen.

Als mein Mann mir den Brief des Menschen zeigte, habe ich mit meiner Meinung nicht hinter dem Berge gehalten und mich erboten, ihm schriftlich zu antworten, aber mein Mann, der höchst nervös ist, bat mich, ich möchte es unterlassen, denn das Gesetz verstehe keinen Spaß mit Beleidigungen und sei hierzulande ganz eigentümlich, so daß es gefährlicher sei, einen wirklichen Schwindler Schwindler zu nennen, als einen ehrlichen Mann. Wenn das wahr wäre, entgegnete ich, dann sei das eine Schmach für die, die das Gesetz gemacht haben, und wenn wir Frauen mehr mit der Gesetzgebung zu thun hätten, dann gäbe es nicht so viele dumme Gesetze. Die Behauptung, daß Frauen nicht fürs Parlament taugten, weil sie keine Logik besäßen, ist mir angesichts der von den Männern gemachten Gesetze immer furchtbar abgeschmackt erschienen. Ich möchte wirklich die Frauen sehen, die so unlogische Parlamentsbeschlüsse zu stande brächten, wie sie die Männer seit Jahrhunderten gefaßt haben.

Aber das hat nichts mit meinem Backofen und meiner Küche zu schaffen, obgleich ich, wenn ich einmal Zeit habe, meine Ansichten über die gegenwärtige Stellung der Frauen zur Politik gern veröffentlichen möchte.

Mein Mann, meine Söhne und Töchter haben für meinen Standpunkt in Beziehung auf diesen Gegenstand nie rechtes Verständnis gezeigt und mich mit Thränen in den Augen beschworen, doch ja der Frauenliga nicht beizutreten, die vor einigen Jahren gegründet worden ist. Sie thaten so, als ob sie fürchteten, ich könnte, wenn ich 'mal zum Worte käme, das rechte Maß nicht finden. Nun, ich hätte meine Meinung offen ausgesprochen, einerlei ob Zeitungsberichterstatter anwesend gewesen wären oder nicht, aber ich würde ganz bestimmt nichts gesagt haben, dessen sich mein Mann und meine Kinder hätten schämen müssen.

Mein Sohn William war ganz außer sich, als ich erzählte, mehrere Damen hätten mich zum Beitritt aufgefordert und gebeten, die Schriftführerstelle für unsern Stadtteil zu übernehmen.

»Um Gottes willen, Mutter,« sagte er, »denk doch nur nicht daran. Du bist zu ehrlich, zu offen, um thätigen Anteil an den öffentlichen Angelegenheiten zu nehmen. Es wäre dir doch sicher nicht angenehm, von der Vorsitzenden zur Ordnung gerufen zu werden, oder daß dir das Wort entzogen würde, ehe du fertig wärest?«

»Den Menschen möchte ich sehen, der mir das Wort entziehen könnte, ehe ich ausgesprochen habe, was ich sagen will,« entgegnete ich.

»Sie thäten es, Mutter, du kannst dich drauf verlassen,« versetzte William, »und dann gäbe es einen schrecklichen Skandal, und in der Aufregung des Augenblicks sagtest du der Vorsitzenden vielleicht, was du von ihr dächtest, und dann käme nachher im Daily Telegraph ein langer Artikel mit der fett gedruckten Ueberschrift: »Stürmische Auftritte in der Frauenliga. Höchst merkwürdige Rede der Mrs. Tressider. Es wäre wirklich nicht hübsch, Mutter, das meinst du doch auch?«

Ich überlegte mir die Sache und gab den Gedanken des Beitritts auf, aber ich kann in der That nicht begreifen, warum meine Kinder mich immer als solche Megäre hinstellen. Eines Tages, wenn ich nicht mehr da bin, werden sie einsehen, was sie an mir gehabt haben, aber dann ist es zu spät, wie ich ihnen immer sage, wenn sie mich ärgern und zur Verzweiflung bringen. Ich will nicht in Abrede stellen, daß ich ein bißchen hitzig bin, aber ich habe auch wirklich sehr viel zu tragen, was meine Nerven angreift, und auf der andern Seite bin ich sehr leicht zu besänftigen und vergesse sehr rasch.

Als ich hörte, wie die Köchin und das Stubenmädchen in so unpassender Weise über meine älteste Tochter sprachen, wurde ich allerdings »rasend vor Wut«, wie mein Mann immer sagt. Sie hatten mich augenscheinlich nicht gehört, denn sie kicherten und redeten ganz laut. Ich hörte etwas von einem hübschen jungen Manne mit einem dunklen Schnurrbart, und dann kamen die Worte, die mich einen Augenblick starr vor Entsetzen machten, so daß ich wie angewurzelt stehen blieb: »Miß Sabines Schatz!«

Ich frage euch, liebe Leserinnen – das heißt diejenigen von euch, die Mutter sind und Töchter erzogen haben – würdet ihr nicht einen Schreck bekommen haben, wenn ihr zwei einfältige Frauenzimmer von Dienstboten von eurer ältesten Tochter »Schatz« sprechen hörtet, während ihr nicht die blasseste Ahnung habt, daß es überhaupt eine solche Persönlichkeit gibt?

Als ich das vernahm, fühlte ich, wie mir das Blut heiß zu Kopfe stieg, und ich hatte die größte Lust, geradeswegs in die Vorratskammer zu gehen, wo die beiden Frauenzimmer schwatzten, und sie zu fragen, wie sie sich erfrechen könnten, so von ihrer jungen Herrin zu sprechen, aber es gelang mir mit einer gewaltigen Anstrengung, mich zu beherrschen. Ich fürchtete, ich könnte zu viel sagen, und wenn, was ich jedoch kaum für möglich hielt, meine Sabine diesen Frauenzimmern wirklich Grund gegeben hatte, ihren Namen mit dem des jungen Mannes in Verbindung zu bringen, dann war es besser, ich hörte die Wahrheit von meiner Tochter selbst.

Sabine spielte gerade oben Klavier und sang irgend ein einfältiges italienisches oder deutsches Lied; die beiden Sprachen sind mir eine so bekannt, wie die andre, denn ich schäme mich nicht, es zu sagen, in meiner Jugend wurde von jungen Mädchen nicht mehr als ihre Muttersprache und ein bißchen Französisch verlangt, aber meine älteste Tochter Sabine und die zweite, Maud, »die Schönheit der Familie«, wie ihre Brüder und Schwestern sie nennen, sind wirklich sehr bewandert in fremden Sprachen, obgleich sie ihnen bis zum gegenwärtigen Augenblick noch nicht viel Nutzen gebracht haben, ausgenommen, daß sie manchmal zusammen sprechen können, ohne daß ich sie verstehe.

Ich habe ihnen häufig gesagt, daß sich junge Mädchen nicht in einer Sprache unterhalten dürfen, die ihre Mutter nicht versteht; sie sagen aber immer, sie müßten in der Uebung bleiben, wenn sie nicht vergessen sollten, was sie gelernt haben, und der Grund läßt sich ja hören, aber es wäre mir doch lieber, sie sprächen ihr Deutsch oder Italienisch, wenn sie allein zusammen sind und nicht in meiner Gegenwart.

Auf meiner Tochter Sabine vielseitige Bildung bin ich immer stolz gewesen, und ich schäme mich nicht, einzugestehen, daß ich stets gehofft habe, sie würde eine glänzende Partie machen. Zur Zeit, wo die Unterhaltung in der Vorratskammer mir den furchtbaren Schreck einjagte, war sie eben achtzehn Jahre alt, und obgleich ihr Vater manchmal sagte: »Es sollte mich gar nicht wundern, wenn Sabine sich nächstens verlobte«, hatte ich doch noch nie ernstlich an so etwas gedacht.

Keins von meinen Mädchen ist jemals gewesen, was die Welt »gefallsüchtig« nennt; sie schlagen in dieser Hinsicht mir nach. Tressider war der erste junge Mann, der mich vor andern Mädchen auszeichnete, und sobald ich mir darüber klar war, daß auch ich ihn liebte, habe ich ihm das durchaus nicht verborgen, und von der ersten Stunde an, wo wir uns verstanden, habe ich ihm – das kann ich mit gutem Gewissen versichern – auch nicht die geringste Ursache zur Eifersucht gegeben. Auch meinen Eltern habe ich nicht verhehlt, daß ich liebte. Ich zog meine Mutter sofort ins Vertrauen, und mein lieber Vater erkundigte sich sogleich über Johns weltliche Verhältnisse, und sobald wir uns überzeugt hatten, sie seien derart, daß er einer Frau ein behagliches, wenn auch nicht gerade luxuriöses Heim bieten könne, gab ich John einen zarten Wink, es sei angebracht, daß er eine Unterredung mit meinem Vater nachsuche, wenn er wirklich eine Verbindung mit mir wünsche.

In so strengen Grundsätzen aufgewachsen, die, wie ich höre, jetzt als altmodisch verlacht werden, konnte ich es nicht für möglich halten, daß eins meiner Kinder ohne Wissen und Billigung ihrer Mutter und ihres Vaters sein Herz vergeben hätte.

Nun fiel mir aber mit einiger Besorgnis ein fast vergessener Vorfall ein. Sabine war fünfzehn Jahre alt und befand sich in einem Pensionat in Clapham, als ein Junge aus einer Knabenschule, die ihre Plätze in der Kirche dem Pensionat gerade gegenüber hatte, so frech war, ihr in der Zeichensprache der Taubstummen zu telegraphieren, daß er sie liebe, und sie um Mitteilung ihres Namens zu bitten. Der kleine Schlingel war erst vierzehn; es handelte sich also nur um eine Kinderei, aber Sabine hatte bei dieser Gelegenheit, wie ich leider zugeben muß, anstatt die Sache der ersten Lehrerin zu melden, in derselben Zeichensprache geantwortet und ihren Namen angegeben. Und der gräßliche Junge – er war der Sohn eines Barons in Indien, und das Leben in dem heißen Klima und unter Wilden war vielleicht mit Schuld daran – hatte die Unverschämtheit gehabt, einige Tage später einen Brief an sie ins Pensionat zu schmuggeln, der in der schwülstigsten Sprache geschrieben war.

Durch diesen Brief kam die ganze Geschichte an den Tag, denn meine Tochter zeigte ihn ihrer Busenfreundin, der Nichte der Lady Smith, deren Mann früher einmal Lord Mayor von London gewesen war. Glücklicherweise fiel der französischen Lehrerin das schuldbewußte Aussehen der beiden Mädchen auf, und da sie merkte, daß etwas nicht in Ordnung war, hielt sie die Augen offen, wie das nur eine französische Lehrerin kann. Sie erwischte den Brief, nahm ihn an sich und zeigte den Vorfall der Vorsteherin an, und nun kam natürlich alles an den Tag. Sabine, die, wie alle meine Kinder, zur Wahrheitsliebe erzogen worden ist, legte ein volles Geständnis ab und brachte in die Ferien, die bald darauf begannen, eine Strafarbeit mit und einen Brief von der Vorsteherin, der alles erklärte.

Ich war natürlich sehr ärgerlich, und wenn mich ihr Vater nicht daran verhindert hätte, dann wäre ich zum Vorsteher des Knabenpensionats nach Clapham gegangen und hätte ihm ordentlich meine Meinung darüber gesagt, was ich von der Beaufsichtigung in seiner Schule hielte. Aber mein Mann machte seine gewöhnlichen einfältigen Einwendungen, und so wurde die Sache nach einer tüchtigen Strafpredigt für Sabine nicht weiter verfolgt.

Ich muß noch erwähnen, daß das Kind – denn das war sie noch – sein Benehmen aufrichtig bereute und versprach, so etwas nie mehr thun zu wollen, und sie hätte es auch diesmal nicht gethan, aber die Mädchen wären so daran gewöhnt gewesen, sich in der Zeichensprache der Taubstummen zu unterhalten, daß sie dem Jungen geantwortet hätte, ohne sich etwas Schlimmes dabei zu denken.

Seit der Zeit hat sie mir auch nicht einen Augenblick wieder Ursache zur Sorge gegeben, und ich meinte auch, nie beobachtet zu haben, daß sie auf Bällen und in Gesellschaften Aufmerksamkeit erregte – nicht halb soviel, als die um ein Jahr jüngere Maud,»die Schönheit der Familie«, wie ich schon erklärt habe.

Die arme Maud wurde wirklich in sehr lästiger Weise umschwärmt und mußte ihrer Brüder Spott über die Anzahl der jungen Männer, die bis über die Ohren in sie verliebt sein sollten, über sich ergehen lassen. Allerdings waren einige junge Herren unsrer

Bekanntschaft eifrige Besucher unsres Hauses, ehe Maud verlobt war, und ihre Besuche hörten gleich danach auf. Wenn ich an den Teil meiner Erfahrungen komme, werdet ihr begreifen, was das eine Last für mich war – besonders ein Herr, der viel zu alt für sie war, denn er war schon dreißig und hatte einen großen roten Schnurrbart. Er war der Bruder einer Miß Mosenthal, einer vertrauten Freundin Sabines, und holte seine Schwester immer bei uns ab, und dann hatte er zur großen Belustigung meiner Jungen eine gewaltige Baßposaune auf dem Verdeck seiner Droschke liegen.

Wenn die Jungen ihre Schwester mit ihm neckten, wie das so Jungenart ist, war sie höchst entrüstet, und ich hatte wirklich Mitleid mit ihr, denn obschon der junge Mosenthal reich war, wollte mir der Gedanke, daß meine schöne, anmutige Maud einen Mann mit einem roten Schnurrbart und einer Baßposaune heiraten sollte, gar nicht gefallen. Es war schon schlimm genug, daß das Ungetüm vor unsrem Hause auf dem Verdeck der Droschke wartete, aber eine solche große Posaune im Hause zu haben, wäre doch eine furchtbare Zugabe zum Leben gewesen, zumal, wenn er sie wirklich spielte.

Wäre John Tressider mit einer großen Posaune behaftet gewesen, oder irgend einem andern musikalischen Instrument dieser Art, dann würde ich wohl gesagt haben:»Wenn es sich um die Posaune und mich handelt, John, dann mußt du wählen, aber dasselbe Dach kann uns nicht beschirmen.« Gott sei Dank! Mein Mann ist nicht musikalisch. Die Mädchen mit ihrem Klavier und Tommy, mein Jüngster, der wirklich ein musikalisches Genie ist und alles spielen kann, und der von Kindheit an eine ganze Stube voll Trommeln, Pfeifen, Ziehharmonikas und Maultrommeln und eine schauderhafte Vorrichtung aus Pfeifen gehabt hat, womit er die Treppe auf und ab geht und Puppentheatermann spielt, und gewöhnlich den Morgen wählt, wo ich mein Kopfweh habe, um vor meiner Schlafstubenthür»God save the Queen« zu dudeln, das ist wahrhaftig genug Musik im Hause, und man braucht nicht auch noch eine Baßposaune zum Schwiegersohn zu nehmen.

Mein Jüngster ist Thomas getauft, aber jedermann nennt ihn »Tommy Tressider«, und ich habe mir das auch angewöhnt. Der Junge hat eine glänzende Laufbahn vor sich, und ich werde nicht eher ruhen, bis ich seinen Vater überredet habe, ihn nach Eton oder Harrow und später auf die Universität zu schicken. Es gibt wirklich nichts, was er nicht könnte, und obgleich er noch nicht elf Jahre alt ist, hat er doch schon mehr Schulpreise gewonnen, als irgend einer seiner Mitschüler. Der Schelm sitzt ihm freilich im Nacken, aber das ist ja bei allen Jungen seines Alters so, und ich sage seinen Schwestern, sie müßten stolz auf ihn sein. Einmal mußte ich meiner Tochter Jane einen strengen Verweis erteilen, weil sie sagte, Tommy könne sich alles herausnehmen, da er mein »Verzug« sei. Ich habe keinen »Verzug«, alle meine Kinder, verheiratet oder nicht, sind mir gleich lieb, aber Tommy ist der Jüngste und noch ein Kind, und ich glaube, wenn wir älter werden, fühlen wir uns besonders zu dem Kinde hingezogen, das noch ein Kind ist, obschon alle unsre Kinder für uns stets Kinder bleiben.

Ich habe eine liebe Tante, beinahe neunzig Jahre alt, aber noch ganz gesund und rüstig, obgleich ihr Gedächtnis sie manchmal im Stiche läßt. Sie wohnt bei ihrem verheirateten Sohne und spielt jeden Abend Whist, wie sie das viele, viele Jahre gethan hat. Ihre Enkel sind jetzt alle junge Herren und Damen, aber oft legt sie plötzlich ihre Karten hin und sagt: »Seid 'mal ruhig, ich glaube, ich höre eins von den Kindern weinen.« Die arme, liebe Tante. Das jüngste von den Kindern ist jetzt zweiundzwanzig, aber sie bildet sich immer noch ein, sie wären oben in der Kinderstube, und in ihrem liebenden Herzen werden sie nie zu Männern und Frauen heranwachsen.

Das ist natürlich ein Fall von geistiger Altersschwäche, aber für viele von uns wachsen die Kinder wirklich nicht heran. Wenn Euer Sohn fünfzig alt ist, bleibt er immer »Euer Junge«, und Eure Tochter bleibt »Euer Mädchen«, auch wenn sie vierzig alt ist, und das ist, glaube ich, einer der Gründe, weshalb Schwiegermütter so leicht mißverstanden werden. Ihre Kinder heiraten, aber für sie sind sie noch ihre Kinder, und sie ist vielleicht etwas zu sehr geneigt, sie sich als Kinder zu denken und sich ihnen gegenüber als sorgende und wachsame Mutter zu benehmen.

»Mutter«, ruft dein Sohn vielleicht, wenn er zum Manne herangewachsen und verheiratet ist, »ich bin ja kein Kind mehr.« In seinen eigenen Augen vielleicht nicht, aber in seiner Mutter Augen doch; da ist er ein Kind und wird es stets bleiben.

Ich bin keine empfindsame Frau, wie ich mir schmeichle, aber an etwas kann ich nicht denken, ohne daß nur die Thränen in die Augen treten: die Geschichte von der lieben alten Mutter, die am Sterbebette ihres Sohnes saß – eines durch ein ausschweifendes Leben vorzeitig gealterten und gebrochenen Mannes von sechzig Jahren – der seinen ergrauten Kopf vom Kissen hob und an der Mutter Busen legte, während sie betete: Gott möge ihr ihr Kind,»ihren lieben Kleinen« lassen.

Manche Leute würden es vielleicht nicht schwer finden, über eine Frau, die einen alten grauhaarigen Mann»ihren Kleinen« nennt, zu lachen; für mich aber ist die Geschichte immer ein schönes Gedicht gewesen – tief empfunden und wahr – denn für ein liebendes Mutterherz gibt es keine Zeit. Ihre Kinder sind immer ihre Kinder – mögen sie auch alt, grau und gebeugt sein, sie bleiben»ihre Kleinen«.

Und das ist wahrscheinlich auch der Grund, weshalb eine Mutter besonders am Jüngsten hängt, dem, der noch nicht aufgewachsen ist und sich nicht ärgert, wenn er als Kind betrachtet wird. Ich versuche gewiß stets, ganz gerecht zu sein, aber ich kann es nicht mit ansehen, wenn die andern meinen armen Tommy immer ins Unrecht setzen wollen; und seine Schwestern, obgleich sie durchaus keine bösartigen Mädchen sind, verleumden ihn wirklich manchmal.

Ich habe hier früher von Tommy sprechen müssen, als ich eigentlich beabsichtigt hatte, weil er mir die Wege zur Aufklärung des Geheimnisses betreffs – um mich der eleganten Ausdrucksweise der Dienstmädchen zu bedienen –»Miß Sabines Schatz« beträchtlich ebnete.

Als ich ins Wohnzimmer trat und Sabine am Klavier sitzen sah, waren mir einen Augenblick ihre Schulstreiche ins Gedächtnis gekommen, und ich hatte die Besorgnis – natürlich eine sehr einfältige Besorgnis – es könne wieder so eine Taubstummenalphabetgeschichte im Gange gewesen sein. Sabine ohne weiteres zu fragen, hatte ich keine Lust, denn es war mir unangenehm, ihr sagen zu müssen, daß die Dienstboten über sie geklatscht hatten, und ich blieb einen Augenblick zögernd in der Thür stehen, Sabine bemerkte mich offenbar nicht, denn sie ließ sich nicht im Singen stören.

Plötzlich sah ich, wie Tommy mit einem von den ekligen Dingern, die sie »Rückenkratzer« nennen – Gott mag wissen, wo er es her hatte – unter dem Tische hervorgekrochen kam, und ehe ich's hindern oder einen Laut von mir geben konnte, war er hinter Sabine und fuhr ihr mit dem Dinge den Rücken hinunter. Sabine schrie natürlich und sprang beinahe in die Luft – ich hätte es auch gethan – und als sie sich umdrehte, sah sie Tommy.

»O, du gräßlicher Junge,« rief sie und gab ihm im Aerger eine gewaltige Ohrfeige. Tommy ist ein braver Junge, aber die Thränen traten ihm doch in die Augen.

»Du Feigling!« rief er, »Du weißt, daß du nur ein Mädchen bist und daß ein Mann ein Mädchen nicht schlagen kann, aber du sollst schon noch dafür büßen. Wenn ich deinem Laternenpfahl wieder einmal auf der Straße begegne, dann gebe ich ihm eine ins Gesicht, und dann muß er mit mir boxen.«

»Du ungezogener Junge! Was willst du mit Laternenpfahl sagen?«

»O, ja; als ob ich nicht alles wüßte? Ich habe wohl gesehen, wie er gestern immerzu vor dem Hause auf und ab gegangen ist und nach deinem Fenster gesehen und gegrinst hat. Ja, und du hast ihm Kußhände zugeworfen. Glaubst du, ich wüßte nicht alles? Wart nur, bis die Mama hinter deine Schliche kommt, weiter sage ich nichts. Die wird ihn schon belaternenpfahlen und ihm seinen Standpunkt klar machen.«

Das war mehr als ich anhören konnte; rasch trat ich ins Zimmer.

»Sabine,« sprach ich, »was soll denn das alles bedeuten? Was in aller Welt meint denn Tommy mit dem Laternenpfahl?«

Sabine wurde rot, wie eine Päonie, und Tommy stieß ein leises Pfeifen aus.

»Komm 'mal her, Tommy,« fuhr ich streng fort, »jetzt erklär mir 'mal alles. Wer ist Sabines Laternenpfahl?«

»Du mußt mich entschuldigen, Mama,« entgegnete Tommy, »aber was ein ordentlicher Junge ist, der petzt keine Mädchen an.«

»Das ist mir ganz einerlei, ich will es wissen. Sabine, vielleicht wirst du so gut sein, mir alles zu erklären.«

»O, Mama,« rief meine Tochter halb schluchzend, »es ist – es ist alles nur Unsinn von Tommy. Bitte, laß mich in meine Stube gehen; der ungezogene Junge hat mich so erschreckt, daß ich mich ganz elend fühle.«

»Gut, mein Kind, geh in deine Stube,« antwortete ich ganz ruhig, »aber wenn du dich besser fühlst, dann erwarte ich, daß du mit einer offenen Erklärung zu mir kommst, wer der Laternenpfahl ist, der nach deinen Fenstern sieht und dem du Kußhände zuwirfst. Ich will dir nur sagen, daß ich schon ein Vögelchen habe pfeifen hören.«

»O, Mama, liebe Mama, sei nur nicht böse, und ich – ich will – will dir alles sagen, aber, bitte, laß mich jetzt gehen.«

»Sabine, mein Kind,« entgegnete ich freundlich, zog sie an mich und legte ihren Kopf auf meine Schulter, »beruhige dich nur; ich bin nicht böse, aber es darf keine Geheimnisse zwischen uns geben, besonders dieser Art, denn ich gehe wohl nicht irre, wenn ich annehme, daß der Laternenpfahl, wovon dein Bruder gesprochen hat, ein junger Herr ist. So, mein liebes Kind, nun geh in deine Stube, beruhige dich, und wenn du dich wieder wohler fühlst, dann komm zu mir, und wir wollen uns in meinem Zimmer aussprechen.«

Sabine, die immer ein weichherziges Mädchen war, brach vollständig zusammen, als ich so gütig sprach, denn sie hatte wahrscheinlich einen Sturm erwartet, obgleich es mir vollkommen rätselhaft ist, weshalb meine Kinder immer erwarten, daß ich ihnen an den Kopf fahren werde. Sie preßte das Taschentuch an die Augen und ging hinaus.

Tommy folgte ihr und sah sehr niedergeschlagen aus. Als sie draußen waren, hörte ich ihn sagen:»Sabine, es thut mir furchtbar leid. Ich wußte nicht, daß die Mutter so nahe war, sonst hätte ich mir lieber die Zunge abgebissen, als geplappert. Weine doch nicht, Sabine, und wenn du herunter kommst, kannst du mich hauen, so viel du willst, und ich werde Gus Walkinshaw nie wieder ›Laternenpfahl‹ nennen.«

»Gus Walkinshaw!« Vor Schreck blieb ich wie angewurzelt stehen. Gus Walkinshaw, der Sohn unsres Pfarrers, ein junger Mann ohne die geringsten Aussichten, denn er hatte mehrere Brüder und stand sechs Fuß zwei Zoll in seinen Strümpfen – nicht, daß ich ihn jemals in Strümpfen gesehen hätte – aber meine Jungen hatten mir gesagt, das sei seine Größe. Und von dem sprach Tommy als ›Laternenpfahl‹ und meine Köchin und mein Stubenmädchen als »Miß Sabines Schatz!«

Sechs Fuß zwei Zoll, keine Aussichten, und meine Tochter Sabine war die kleinste der ganzen Familie, denn sie war kaum fünf Fuß groß.

Kein Wunder, daß ich schauderte. Das war eins von den Dingen, worauf ich nicht vorbereitet war: daß ich die Schwiegermutter eines Riesen werden sollte!

Dritte Erinnerung.

Mein erster Schwiegersohn.

»Gus Walkinshaw!«

Als mein Sohn Tommy diese Worte sprach – er dachte in seiner Aufregung gewiß nicht daran, daß ich ihn hören könne – fiel es mir, wie man sagt, wie Schuppen von den Augen, und alles war mir klar, wie der Tag.

Ich hatte mir nicht träumen lassen, daß eine meiner Töchter jemals etwas Besonderes an Gus Walkinshaw finden würde, und deshalb hatte ich bei verschiedenen Gelegenheiten unverhohlen meine Meinung gesagt, nicht gerade über ihn persönlich, sondern über die ganze Familie; denn Mrs. Walkinshaw hatte sich einmal in meiner Gegenwart über junge Männer von gutem Herkommen, die Töchter von Geschäftsleuten geheiratet hatten, eine Bemerkung erlaubt, die ich für sehr engherzig hielt, und da sie überdies in einer gemischten Gesellschaft gemacht worden war, mußte ich sie auch für taktlos halten.

Es war an Mrs. Jones' Empfangsnachmittag. Mrs. Jones war die Frau unsres Hausarztes, und die Rede kam auf die vorzügliche Partie, die Miß Grantham, die Tochter des Strumpfwarenhändlers aus Bond Street, gemacht hatte. Da Granthams ganz in unsrer Nähe wohnten und die Trauung in unsrer Kirche stattfand, hatten wir uns natürlich alle sehr für die Sache interessiert, besonders da der junge Larkaway nach seines Vaters Tode Baron, Miß Grantham also Lady Larkaway wurde. Als eine der Damen die Bemerkung machte, sie wisse gar nicht, was der junge Larkaway Schönes an Miß Grantham gefunden habe, erlaubte ich mir, zu antworten, daß er vielleicht ihr Geld schön gefunden habe, und darauf verdrehte Mrs. Walkinshaw die Augen und sagte, es sei doch ganz schrecklich, daß so viele junge Männer aus vornehmen Familien Töchter von Geschäftsleuten heirateten.

Das ging mir denn doch ein bißchen gegen den Strich, und ich erwiderte, ich dürfte meine Töchter wohl auch als Töchter eines Geschäftsmannes ansehen, da mein Mann ein Engrosgeschäft in der City habe, und ich erlaubte mir, Mrs. Walkinshaw zu versichern, daß ich als Frau eines Geschäftsmannes keine vornehmen Herren von Habenichts für meine Töchter haben wollte und eine solche Verbindung durchaus nicht als eine Ehre ansähe.

Natürlich suchte sich Mrs. Walkinshaw herauszureden und behauptete, es sei ein großer Unterschied zwischen Engros- und Endetailkaufleuten, und Mr. Grantham sei ein Krämer.

»Ich sehe keinen Unterschied,« entgegnete ich, »Wenn's eine Schande für einen jungen Mann ist, in eine Familie zu heiraten, die ein Hemd verkauft, dann muß es doch eine noch größere Schande sein, in eine Familie zu heiraten, die die Hemden grosweise verkauft.«

»Es scheint mir doch zweifelhaft, ob Hemden ein wünschenswerter Unterhaltungsstoff für uns sind,« rief Mrs. Walkinshaw und rümpfte hochmütig die Nase.

»O, gewiß nicht, Madame, wenn es Ihnen nicht beliebt,« entgegnete ich, und dann fingen sämtliche Damen an, zusammen zu sprechen, und sahen mich an, als ob ich etwas Furchtbares gesagt hätte, und ich stand auf und ging. Als ich draußen war, sind sie wahrscheinlich über mich hergefallen und haben die Frau Pfarrerin getröstet und ihr versichert, ich sei eine fürchterliche Person. Pfarrerin oder nicht, ich müßte meine Natur verleugnet haben, wenn ich nicht gerade herausgesagt hätte, was ich über so albernen Schnack denke. Ihr Mann verachtet das Geld durchaus nicht, das im Handel verdient wird, und seine Stelle wäre bei weitem nicht so gut, wenn seine Gemeinde nur aus dem Adel des Stadtviertels bestände.

Daß in gewissen Kreisen ein Vorurteil gegen den Handelsstand besteht, weiß ich sehr wohl, aber es stirbt doch allmählich aus, und nur altmodische Leute, wie Mrs. Walkinshaw und ein paar aufgeblasene Dummköpfe und dann die Verwandten solcher, die ihr Schäfchen geschoren und dann das Geschäft aufgegeben haben, sprechen geringschätzig darüber. Mein Mann ist jedenfalls Geschäftsmann, und es freut mich, sagen zu können, ein sehr erfolgreicher Geschäftsmann, der in der Lage gewesen ist, seinen Töchtern bei ihrer Verheiratung ein recht anständiges Jahrgeld auszusetzen, und darum war es ganz natürlich, daß es mich ärgerte, als in meiner Gegenwart so geringschätzig von Geschäftsleuten geredet wurde.

Nach meiner Rückkehr aus Mrs. Jones' Gesellschaft sprach ich mich ziemlich offen über Mrs. Walkinshaw aus, und ich weiß nicht warum, aber von der Zeit an hatte ich eine entschiedene Abneigung gegen sie, die sie, wie ich glaube, in gleichem Maße erwiderte. Ich erzählte meinen Manne die Geschichte, und er meinte, es sei schade, daß ich Mrs. Walkinshaws einfältige Aeußerung überhaupt beachtet hätte. »O, natürlich,« antwortete ich, »Anerkennung habe ich nicht dafür erwartet, daß ich dich in deiner Abwesenheit verteidigt habe; wenn es dir aber Spaß macht, geduldig auf dir herumtrampeln zu lassen, dann ist mein Geschmack eben anders. Ich habe das nie gethan und bin jetzt zu alt, um damit anzufangen. Es wäre dieser Mrs. Walkinshaw ganz gesund, wenn ihre großen, ungeschlachten Söhne selbst Töchter von Geschäftsleuten heirateten, denn aus eigenen Kräften werden die nie viel Geld verdienen.«

»O, es sind doch sehr nette junge Leute,« sprach mein Mann, »einer von ihnen ist Offizier, und der andre studiert Rechtswissenschaft.«

»Nette junge Leute? Das muß ich wirklich sagen,« versetzte ich, »Ich nenne sie Riesen. Nicht einer von ihnen, der nicht über sechs Fuß groß ist. Große Männer sind immer faul und zu nicht viel anderm nütze, als zum Billardspielen, Kurschneiden und Bummeln. Von meinen Töchtern wird keine einen Walkinshaw heiraten, wenn's nach mir geht.«

Als mir einfiel, daß ich betreffs der Walkinshaws niemals ein Blatt vor den Mund genommen hatte, war mir erklärlich, warum meine Sabine die Thatsache, daß sie und Gus Walkinshaw, der Jüngste der Familie, einander liebten, verheimlicht hatte. Daß ein Verhältnis zwischen ihnen bestand, bezweifelte ich keinen Augenblick mehr, aber wie es soweit gekommen war, blieb mir unerklärlich, da sie, abgesehen von seltenen Zusammenkünften auf Bällen und in Gesellschaften in unsrer Nachbarschaft und in der Kirche, wo sie sich nur von weitem sahen, keine Gelegenheit gehabt hatten, miteinander bekannt zu werden. Nun fiel mir plötzlich ein, daß Sabine in den letzten sechs Monaten einen großen Eifer für »Kirchenarbeit«, wie sie es nannte, an den Tag gelegt und bei verschiedenen Veranlassungen geholfen hatte, die Kirche auszuschmücken. Ebenso hatte sie bei Abendunterhaltungen, die der Pfarrer für die Armen der

Gemeinde in der Schule veranstaltete, oft gesungen. Mir ging ein Licht auf, und ich brauchte meine Tochter nicht auszufragen, als sie eine Stunde später in mein kleines Stübchen kam und wir ein Tête-a-tête hatten.

Das arme Mädchen war noch ganz aufgeregt und eingeschüchtert. Ihre Wangen glühten, und sie sah aus, als ob sie bei der ersten Veranlassung wieder in Thränen ausbrechen wollte.

»Sabine, liebes Kind,« sagte ich, »ich habe nachgedacht, und ich begreife jetzt mancherlei; es war die Kirchenarbeit.«

»Nein, Mama, doch nicht die allein.«

»Nun, jedenfalls hast du Gus Walkinshaw dabei häufig getroffen, da er seines Vaters rechte Hand ist und überall mit ihm hingeht.«

»Ja, Mama!«

»Und – und – du liebst ihn wirklich?«

»Ja, Mama!«

»Und er liebt dich auch? Hat er schon etwas gesagt?«

Sabine ließ den Kopf hängen.

»Komm doch her, mein Kind, sei nicht thöricht. Es ist gar nichts zu schämen dabei, obgleich es sehr sonderbar ist und das Letzte, was ich erwartet hätte. Hat Mr. Walkinshaw dir in irgend einer Weise zu verstehen gegeben, daß er dich liebe?«

»Ja, Mama, und er wäre schon längst zu dir und Papa gekommen, wenn wir nicht –«

»Wenn ihr nicht? – Was, mein Kind?«

»Wir hatten beide solche Angst, du würdest nichts von ihm wissen wollen, denn das hast du immer gesagt. O, Mama, er ist ja groß, aber dafür kann er doch nichts. Er hat alles mögliche versucht, um klein auszusehen, sogar Stiefel ohne Absätze und Gebücktgehen, aber die Größe liegt nun einmal in der Familie.«

Wir hatten eine lange, ruhige Unterredung, und obgleich ich meiner Tochter nicht verhehlte, daß ich die Verbindung nicht für besonders gut hielt, versprach ich ihr, am Abend mit Papa über die

Angelegenheit zu reden und ihr zu berichten, was dieser dazu sage, und darauf verließ sie mich, strahlend vor Glück.

Viel Unterstützung erwartete ich nicht von John Tressider – ob wohl je eine Frau ein so armseliges, hilfloses Geschöpf als Gatten gehabt hat, wenn es sich um häusliche Schwierigkeiten und Verantwortung handelte? – aber ich hoffte, daß er die Angelegenheit wenigstens wie ein Geschäftsmann und Familienvater in die Hand nehmen würde.

Aber da kam ich schön an! Er hörte mir zu und sagte, er sei durchaus nicht überrascht, und dann überließ er ganz kaltblütig alles weitere mir und meinte, wenn ich zufrieden wäre, dann sei alles in Ordnung.

»Was?« rief ich entrüstet, »Erwartest du, daß ich mit dem jungen Manne und seinem Vater spreche? Das ist doch sicher nicht Sache der Mutter, John Tressider.«

»Das weiß ich nicht, meine Liebe; ich habe keine große Erfahrung in solchen Dingen.«

»Und wo meinst du denn, daß ich meine Erfahrung her hätte, wenn ich fragen darf?«

»Nun, meine Liebe, Frauen verstehen solche Dinge von Natur soviel besser, als Männer.«

»Hier handelt es sich nicht darum, ob ich das verstehe, oder nicht, hier steht das Lebensglück deines Kindes auf dem Spiele,« antwortete ich, »und sobald der junge Mann einen förmlichen Antrag gemacht hat, mußt du dich versichern, was Mr. Walkinshaw für seinen Sohn zu thun gedenkt. Ich nehme an, daß du deiner Tochter etwas mitgeben wirst.«

»Du kannst ganz ruhig sein, ich werde thun, was recht ist.«

»Nun, dann thu's auch in der richtigen Weise,« entgegnete ich, »das ist alles, was ich verlange. Wir wollen uns nicht weiter darüber zanken, aber ich erwarte, daß du einmal in deinem Leben deine Pflicht als Sabines Vater thun wirst und nicht die ganze Verantwortung mir überlässest.«

Alles, was recht ist, aber ich muß zugeben, daß mein Mann sich schließlich sehr gut in der Sache benahm, denn er hatte wirklich den

Mut, den hochwürdigen Mr. Walkinshaw zu besuchen und eine Cigarre mit ihm zu rauchen. Dabei machte er ihm klar, daß es, da er (mein Mann) Sabine ein gutes Einkommen zusichere, nicht mehr als billig wäre, wenn er (Mr. Walkinshaw) in ähnlicher Weise für seinen Sohn sorge.

Ich hatte meinem Mann genau eingeprägt, was er sagen solle, aber ich bezweifle keinen Augenblick, daß er die Sache doch in seiner eigenen Weise angefangen und viel mehr Umschweife gemacht hat, als ich gethan haben würde. Es wurde indes alles zu beiderseitiger Zufriedenheit geordnet, und sogar meine erste Zusammenkunft mit Mrs. Walkinshaw verlief, trotzdem sie wußte, daß ihr Sohn die Tochter eines Geschäftsmannes heiraten wollte, ganz friedlich. Nach dem, was sie damals geäußert hatte, war es ein kleiner Triumph für mich, aber ich glaube nicht, daß ich mir etwas merken ließ, ich habe nur wenigstens ehrliche Mühe gegeben, obgleich es mir auf der Zunge schwebte, zu sagen:»Meine verehrte Frau, wie peinlich muß es Ihnen bei Ihren Anschauungen über den Handelsstand sein, daß Ihr Sohn im Begriffe ist, die Tochter eines Mannes zu heiraten, der sich mit Geschäften abgibt.« Allein ich verkniff es mir. Mrs. Walkinshaw war wirklich sehr nett, und ich muß zugeben, daß, abgesehen davon, daß das dem jungen Walkinshaw zugesicherte Vermögen nicht so groß war, als ich wohl gewünscht hätte, die Partie nicht schlecht war. Sabine sollte ein schönes, eigenes Einkommen haben, denn ihr Vater war sehr großmütig und die Walkinshaws sind eine wirklich gute Familie; ein Walkinshaw ist unter Oliver Cromwell geköpft worden, oder so etwas Aehnliches, und hat seine Besitzungen verloren, und unter der Regierung Jakobs I. und noch später, glaube ich, hat es einen Lord Walkinshaw gegeben, aber Geschichte ist nicht gerade meine starke Seite. Alles, was ich weiß, ist, daß der Titel dadurch verloren ging, daß ein Lord Walkinshaw sich mit einem Menschen einließ, der der»Prätendent« genannt wird, und nun ist alles, was die Familie von ihren Vorfahren noch hat, eine Anzahl Bilder, worüber mein Schwiegersohn, Gus Walkinshaw, sich immer lustig macht, obgleich sie in seinem eigenen Eßzimmer hängen. Wie gesagt, nachdem Gus Walkinshaw pflichtschuldigst meinem Manne seinen Besuch gemacht und unsre Einwilligung zur Verlobung erlangt hatte, wurde alles zu beiderseitiger Befriedigung geregelt, und ich machte nur die Bedingung, daß die Hochzeit noch nicht so bald stattfinden solle, denn ich halte es für viel besser, wenn die jungen Leute sich vor der Verheiratung so gut als möglich kennen lernen.

Meine Söhne konnten sich, glaube ich, nicht sofort mit Gus Walkinshaw befreunden. Besonders William nahm es übel, daß seine Schwester sich verheiraten wollte, obgleich ich, offen gestanden, nicht einsehen konnte, warum, aber da er selbst klein war, wie unsre ganze Familie, konnte er große Leute nicht leiden, das gab er wenigstens als Grund an. Auch Tommy war zu Zeiten unangenehm und quälte seine Schwester sehr, aber Gus Walkinshaw entdeckte bald ein Mittel, ihn zu gewinnen. Die Taschen des Jungen waren immer mit Süßigkeiten gefüllt, und welche Massen von Erdbeereis aß er beim Konditor auf Mr. Walkinshaws Kosten! Ich wundere mich über weiter nichts, als daß er sich seine Innenseite nicht erfroren hat.

Jungen sind nun einmal Jungen, aber ich glaube wirklich, daß Mädchen ein feineres Ehrgefühl haben. Kein Mädchen ginge beständig in das Zimmer, wo das Brautpaar sitzt, um sich dann mit Süßigkeiten und Erdbeereis bestechen zu lassen, das Feld zu räumen. Allein Mädchen nehmen immer ein großes Interesse an Liebesangelegenheiten, was Jungen nicht thun, wenigstens Jungen in einem gewissen Alter, Tommys Alter, thun's nicht.

Nach der förmlichen Verlobung kam Gus Walkinshaw zum erstenmal zum Gabelfrühstück in unser Haus. Ich hatte gemeint, es würde angenehmer für ihn sein, wenn er bei seinem ersten Besuche nur die Mädchen zu Hause fände – die liebe Sabine fürchtete sich etwas vor ihren älteren Brüdern, die sehr geneigt waren, zu nörgeln, und die, wie sie sagte, jede Bewegung des armen Gus beobachten würden, als ob sie alle Augenblick etwas Ungeschicktes oder Eigentümliches erwarteten. Deshalb glaubte ich, es würde ihr lieber sein, wenn wir Gus zum Gabelfrühstück einlüden, wo niemand zugegen war, als die Mädchen und ich. Tommy erhielt auf allgemeines Verlangen zwei Schillinge und wurde mit einem andern Jungen, einem guten Freunde, in die Nachmittagsvorstellung eines Cirkus geschickt.

Ich habe Gus Walkinshaw sehr gern, er ist jetzt sogar mein Lieblingsschwiegersohn, aber er war wirklich anfangs etwas täppisch.

Seine Länge war ihm im Wege, und da er auch breitschultrig und schwer ist, suchte er vielleicht gewandter zu erscheinen, als er ist. Als er ins Empfangszimmer trat, machte er unglücklicherweise Miene, sich auf einen kleinen vergoldeten Stuhl zu setzen, der viel niedriger war, als er dachte. Ich sah voraus, was kommen würde, und rief:»Nein, nein, nicht dahin!« Das mag ihn wohl verwirrt haben, denn er versuchte, sich wieder aufzurichten, ehe er den Stuhl erreicht hatte. Dabei muß er das Gleichgewicht verloren haben, denn er fiel plötzlich mit seinem ganzen Gewicht auf das Stühlchen; es gab einen fürchterlichen Krach, der arme junge Mann lag fast seiner ganzen Länge nach auf dem Fußboden, und mein Stühlchen ging in tausend Stücke, als ob es eine Eierschale gewesen wäre.

Natürlich versicherte ich ihn, es hätte nichts zu sagen, aber Sabine wurde feuerrot, und die Mädchen kamen alle angestürzt, um Mr. Walkinshaw zu helfen. Der Schweiß stand ihm in großen Tropfen auf der Stirn, und er war in seiner Verwirrung ganz hilflos, so daß sie ihn nicht in die Höhe bringen konnten. Ich hatte in der That Angst, er habe sich verletzt.

»Ich – ich hoffe, Sie haben sich nicht weh gethan,« rief ich halb lachend, und er antwortete:»O nein, nein,« und als er sah, daß Maud und Jane die größten Anstrengungen machten, sich das Lachen zu verbeißen, platzte er selbst heraus, worüber ich sehr froh war, denn es war eine Erleichterung und brachte uns alle zum Lachen. Endlich stand er auf, stückweise, sagte William später, müßte es gewesen sein, aber ich weiß nicht, was er damit meinte.

Gus erzählte nur nachher, daß während der paar Sekunden, wo er auf dem Rücken gelegen habe, seine Empfindungen fürchterlich gewesen seien. Er habe gewußt, daß ihn die Mädchen nicht in die Höhe heben konnten, und habe überlegt, wie er möglichst anmutig aufstehen solle, ohne sich vorher herumzuwälzen und sich dann mittelst der Kniee und Hände aufzurichten. Er sagte, es sei ihm eine große Erleichterung gewesen, als alle angefangen hätten, zu lachen; mir aber that mein armer Stuhl leid, und ich fing an, zu überlegen, ob es nicht am besten wäre, wenn wir alle unsre Möbel nachsehen und für unsern schweren Schwiegersohn verstärken ließen. Da die Verlobung lange dauern sollte, fürchtete ich, ich möchte am Ende keinen ganzen Stuhl mehr im Hause haben, wenn meine Tochter endlich heiratete.

Ich muß sagen, daß Gus Walkinshaw sich von allen meinen Schwiegersöhnen als der verträglichste (wenn auch nicht mit den Möbeln) und rücksichtsvollste erwiesen hat, und ich bin zu dem Schlusse gekommen, daß große Männer und große Frauen oft viel weichherziger und sanfter sind, als kleine Leute. Ich habe einen kleinen Schwiegersohn, und ich halte ihn für entschieden aufgeblasen und dünkelhaft. Kleine Leute sind immer sehr von sich eingenommen – das heißt, kleine Männer sind es, kleine Frauen nicht. Ich selbst bin eine kleine Frau, aber mein Fehler ist stets gewesen, daß ich nicht genug von mir eingenommen war.

Natürlich kam es mir anfangs sehr sonderbar vor, diesen großen, starken Menschen so oft im Hause zu haben. Es war gerade, als ob der Haushalt durch einen gewaltigen Neufundländer vermehrt worden wäre. Uebrigens bewies er Sabine große Hingebung, und die beiden schienen sich sehr gut zu verstehen, aber ich weiß nicht, wie es kam, mit William, meinem zweiten Sohne, wollten sich keine rechten Beziehungen anbahnen. William war seine Anwesenheit im Hause unangenehm, obschon er sehr wenig von ihm zu sehen bekam, da William doch den ganzen Tag bei seinem Vater im Geschäft war.

»Ich kann gar nicht begreifen, Mutter,« sagte er einmal, »was Sabine an diesem Gus Walkinshaw groß findet.«

»Er ist doch sehr nett,« entgegnete ich, »und zeigt mir mehr Rücksicht, als häufig meine eigenen Söhne.«

Mein Sohn William ist ein bißchen reizbar, doch ist mir unerklärlich, woher er das hat. Er wurde sehr ärgerlich, als ich das sagte, und murmelte etwas von »Eindringling«. Ich brachte ihn aber sehr bald zum Schweigen. »William,« sagte ich, »wenn ich und dein Vater mit Gus Walkinshaw zufrieden sind, dann ist das vollkommen ausreichend; deine Zustimmung ist durchaus nicht erforderlich.«

Ich habe sehr viel von der Eifersucht der Frauen gehört, aber nach meiner Erfahrung sind Männer ebenso eifersüchtig und ganz gewiß engherziger. Mein zweiter Sohn war eifersüchtig auf die Zuneigung, die ich und seine Schwestern für Gus Walkinshaw empfanden, und diese thörichte Eifersucht machte ihn blind gegen die guten Seiten des jungen Mannes und verursachte seiner Schwester großen Verdruß.

In seiner Gereiztheit erzählte er dieser die einfältigsten Geschichten über Gus Walkinshaw. Er that es wohl nur aus Neckerei, aber es war doch sehr albern und gar nicht, wie ich es von meinem Sohne erwartet hatte. Manchmal kam er nach Hause und behauptete, er habe gesehen, wie Gus Walkinshaw einem Mädchen in einem Blumenladen in Regentstreet ganz verzweifelt den Hof gemacht habe, und einmal versetzte er mich in die größte Aufregung, indem er erzählte, er sei Zeuge gewesen, wie Gus Walkinshaw auf dem Rennen in Kinsbury hoch gewettet habe...

Junge Männer, die wetten, Billard spielen und ähnliche Allotria treiben, sind mir immer ein Greuel gewesen, und als besorgte Mutter beschloß ich natürlich, der Sache auf den Grund zu gehen. Ich fragte Mr. Walkinshaw selbst, ob er die Gewohnheit habe, auf Pferde zu wetten; ich hätte gehört, er habe es in Kinsbury gethan.

»Du lieber Gott!« sagte er lachend, »wer hat Ihnen denn verraten, daß ich in Kinsbury gewesen bin? Das ist freilich richtig, und ich habe auch fünf Schillinge auf ein Pferd gewettet, weil es einem Regimentskameraden meines Bruders Lawrence gehört, aber ich versichere Ihnen, daß ich sonst nie wette.«

Das war mir eine große Beruhigung. Ich sagte ihm sofort, daß ich es von William gehört habe, worüber er augenscheinlich verstimmt war. Er sprach sich auch Sabine gegenüber aus, und diese machte William nachher eine heftige Scene. So gutmütig dieser auch ist, so ist er doch furchtbar hitzig. Er wurde wütend und sagte, er habe keine Lust, sich von einem Eindringling im eigenen Hause beleidigen zu lassen, und werde ihm den Standpunkt einmal klar machen. Als sie beide immer heftiger wurden, erklärte ich ihnen, ich wolle nichts mehr hören. Darauf sprang William auf, ergriff seinen Hut und sagte, er wolle sich eine Wohnung suchen, da unser Haus kein Heim mehr für ihn sei. Damit ging er hinaus und schmetterte die Thür hinter sich ins Schloß. Sabine fing an zu weinen.

»Grundgütiger Himmel!« rief ich aus, »ihr plagt mich wirklich noch zu Tode. Habe ich nicht Sorgen genug, auch ohne daß meine Kinder sich zanken?«

»O, natürlich, Mama,« entgegnete Sabine; »ich weiß sehr wohl, daß ich an allem schuld bin. Ich werde morgen mit Gus sprechen, und er soll nicht mehr ins Haus kommen. Vielleicht wäre es dir am liebsten, wenn ich ganz mit ihm bräche und in ein Kloster ginge? Ich will keine Zwietracht in der Familie säen,« und nun lief auch sie hinaus und ging weinend zu Bett.

»Nette Zustände,« sagte ich zu meinem Manne, »da haben wir den schönsten Familienkrieg, und über rein gar nichts. Aber was soll man wohl anders erwarten, wenn der Vater nicht Herr im Hause ist?«

»Ja, meine Liebe,« erwiderte er, »ich glaube, kein Mann hätte viel Aussicht, Herr im Hause zu sein, so lange du darin bist.«

Ich war den ganzen Tag nicht recht wohl gewesen; um die Wahrheit zu gestehen, war ich ein bißchen reizbar, denn ich hatte einen von meinen Kopfwehtagen. Außerdem hatte ich großen Aerger mit einem neuen Hausmädchen gehabt, das meinen schönen Stahlkaminvorsetzern etwas »Glanz«, wie sie sagte, gegeben hatte, und dann war der Auftritt zwischen Sabine und William gekommen, und dieser war fortgerannt. Das alles hatte mich sehr empfindlich gemacht, und als mein Mann so sarkastisch sprach, wo gerade eben eins von den Dienstmädchen in die Stube getreten war (ich muß ihm die Gerechtigkeit widerfahren lassen, zu bemerken, daß er das nicht gesehen hatte), da verlor ich die Herrschaft über mich, brach in Thränen aus und lief in mein Zimmer, um mich auszuweinen.

Ich glaube wirklich nicht, daß eine arme Frau jemals so viel zu ertragen hatte, als ich. Ein Haupt muß doch im Hause sein, und es war sehr hart, daß ich mir Vorwürfe machen lassen mußte, weil ich meine Pflicht that und die eines andern obendrein. Aber so geht's in der Welt. Nun, sie werden mich schon alle vermissen, wenn ich einmal nicht mehr da bin.

Sowie ich mich ausgeweint hatte (ich schäme mich nicht, einzugestehen, daß ich diese weibliche Schwäche besitze), fühlte ich mich besser und ging in Sabines Stube, um zu sehen, was sie machte. Ich fand das alberne Mädchen noch immer in Thränen, und Maud und Jane saßen bei ihr. Sabine schrieb einen Brief mit Bleistift und las ihn dabei laut vor. Zwischen je zwei Sätzen schluchzte und seufzte sie herzbrechend. Sie ist etwas überspannt, was sie gewiß nicht von mir hat, aber ein Vetter John Tressiders war Schauspieler, und das erklärt es vielleicht.

Der an Gus Walkinshaw gerichtete Brief war so albern als möglich. Als ich ihn gelesen hatte, war ich ärgerlich und hielt mit meiner Meinung nicht hinter dem Berge.

Sie sagte ihm auf ewig Lebewohl. Ihre Verlobung habe Familienzwistigkeiten auf beiden Seiten veranlaßt; es wäre vielleicht besser, wenn sie hinginge und die Verwundeten auf dem Schlachtfeld pflegte, und er solle versuchen, sie zu vergessen.

»Auf beiden Seiten?« rief ich aus. »Was soll denn das heißen?«

Nun kam die Geschichte heraus, und Sabine erzählte mir, die alte Mrs. Walkinshaw habe Gus etwas über John, meinen Aeltesten, gesagt. Sie hätte allerhand gehört, und wie es schien, hatte Gus ihr etwas scharf geantwortet, und dann hatte Mrs. Walkinshaw geäußert, diese Folgen seien zu erwarten gewesen, als er sich entschlossen habe, in eine Kaufmannsfamilie zu heiraten.

Sabine war selbst sehr entrüstet darüber, sonst hatte sie nichts gesagt, aber ich war froh, daß ich es erfuhr, denn nun wußte ich, was ich zu thun hatte.

»Ich werde morgen zu Mrs. Walkinshaw gehen und ihr sagen, was ich von ihr denke,« sprach ich.

Aus irgend einem albernen Grunde geriet Sabine darüber in furchtbare Aufregung, ebenso Maud und Jane, und sie begannen, mich zu beschwören, nicht zu gehen, aber ich bestand auf meiner Absicht, einerlei, ob die Verlobung darüber in die Brüche gehe, oder nicht. Nun bekam Sabine wieder Weinkrämpfe, und ich war schließlich genötigt, nachzugeben und zu versprechen, daß ich diese Beleidigung unbeachtet lassen wolle.

Die ganze Geschichte war wirklich im höchsten Grade ärgerlich, und ich dachte bei mir, ich würde froh sein, wenn meine Töchter erst alle glücklich unter der Haube wären, dann würde ich wohl ein bißchen Frieden haben.

Als die Mädchen sich beruhigt hatten, ging ich in Johns Stube, um zu sehen, ob er zu Hause sei. Ich wollte ihn fragen, was für eine Veranlassung Mrs. Walkinshaw habe, etwas Ungünstiges über ihn zu sprechen. Er war aber nicht da, und als ich mich so im Zimmer umsah, erblickte ich einen Briefumschlag, der ihm augenscheinlich aus der Tasche gefallen war und auf dem Fußboden lag.

Ich hob ihn auf und fand, daß eine Photographie darin steckte, die ich natürlich herauszog. Es war das Bild eines jungen Mädchens, und darunter stand geschrieben:»Von Deiner Dich liebenden Lottie.«

Das war der Tropfen, der den Becher zum Ueberlaufen brachte.

Ohne daß ich den geringsten Schimmer einer Ahnung hatte, besaß mein Sohn eine»ihn liebende Lottie!«

Vierte Erinnerung.

Mein ältester Sohn John.

»Deine Dich liebende Lottie!«

Die Photographie entfiel beinahe meiner Hand, als mein mütterliches Auge diese Worte erblickte.

Mein ältester Sohn hatte mir und seinem Vater durch sein fahriges Wesen schon schwere Sorgen gemacht, und ich bekam natürlich einen Schreck, als ich in seinem Zimmer die Photographie einer jungen Frauensperson mit obigen Worten in einer weiblichen Handschrift darunter fand. Daß ich das Gesicht des jungen Mädchens aufmerksam betrachtete, als ich meine Fassung einigermaßen wiedergefunden hatte, läßt sich denken. So groß auch mein Schreck gewesen, war doch der erste Eindruck nicht ungünstig. Es war ein gutes, ehrliches Gesicht, und in den Augen lag eine gewisse Sanftmut. Soweit sich nach einer Photographie urteilen ließ, schien das Mädchen auch anständig gekleidet zu sein und sah entschieden aus, wie eine Dame der besseren Stände.

Vielleicht wird man meine Bestürzung eher verstehen, wenn ich beifüge, daß John immer etwas excentrisch und unbedacht war. Schon immer hatte ich gesagt, daß die Frau, die ihn heiratete, eine große Verantwortung übernähme. John verstand den Wert des Geldes nicht zu schätzen, hatte immer ganz wunderbare Ideen und machte manchmal die unbegreiflichsten Geschichten.

Als er das Gymnasium verlassen hatte, wo er, obgleich ein ganz gescheiter und aufgeweckter Junge, weiter nichts zu thun schien, als wegen seiner Possen und dummen Streiche in Ungelegenheiten zu geraten, wurde nach reiflicher Ueberlegung bestimmt, daß er in seines Vaters Geschäft eintreten sollte, und das that er auch. Sein Vater beklagte sich aber bald, daß er nicht ernst bei der Arbeit und sein Einfluß im Comptoir höchst verderblich sei.

Mein Mann erzählte mir, daß er häufig in seinem Privatarbeitszimmer durch schallendes Gelächter gestört werde, und wenn er dann ins Comptoir komme, um sich nach der Ursache des ganz geschäftswidrigen Lärms zu erkundigen, dann fände er, daß Mr.

John, wie er genannt wurde, den Commis Geschichten erzählt und sie zum Lachen gebracht hatte.

Das konnte natürlich nicht so weiter gehen. Sein Vater nahm ihn ernstlich vor und beschloß, noch einen Versuch mit ihm zu machen.

Eine Zeit lang benahm er sich etwas besser, und es gelang ihm, seine überschäumenden Lebensgeister zu zügeln, wenigstens solange sein Vater im Geschäft anwesend war, allein nach etwa einem Jahre waren wir doch notgedrungen zur Ansicht gekommen, daß er sich nicht zum Kaufmann eigne.

Einmal hatte es einen heftigen Auftritt zwischen ihm und seinem Vater gegeben. Nachdem John sich in verschiedenen andern Beschäftigungen als untauglich erwiesen hatte, war ihm die Korrespondenz übertragen worden. Er konnte, wenn er wollte, einen ausgezeichneten Brief schreiben, war des Französischen und Deutschen mächtig, und sein Vater meinte, beim Briefschreiben könnte er keine dummen Streiche machen. Aber nach vierzehn Tagen gab es doch Unannehmlichkeiten. Eine der bedeutendsten Firmen, mit der mein Mann in Verbindung stand, beklagte sich über die Art, wie ihre Briefe beantwortet würden, und legte eine Probe bei. Der gute John war wieder vom Uebermutsteufel besessen gewesen und hatte eine geschäftliche Anfrage mit einem witzigen Briefe beantwortet. Mein Mann erzählte mir später, das Schreiben hätte von Kalauern gewimmelt, er hätte beinahe Krämpfe bekommen, als er es gelesen habe, denn der Chef der Firma, an die es gerichtet war, sei ein äußerst strenger und förmlicher Herr, Aeltester einer Dissidentengemeinde, der ein solches Verfahren in Geschäftssachen für sehr ungehörig, wenn nicht geradezu sündhaft halte. Mein Mann hatte sofort selbst einen Entschuldigungsbrief geschrieben, dann John in sein Arbeitszimmer kommen lassen und ihm gesagt, er habe die Hoffnung aufgegeben, einen tüchtigen Kaufmann aus ihm zu machen; er solle nur in Zukunft fortbleiben, sonst richte er das seit beinahe hundert Jahren rühmlichst bekannte Haus Tressider noch zu Grunde.

John meinte, er könne nicht einsehen, daß er etwas so Ungeheuerliches begangen habe, aber Kaufleute hätten wahrscheinlich keinen Sinn für Humor, und er versprach, sich in Zukunft eines ernsteren Tones befleißigen zu wollen.

Ihr werdet es kaum glauben, wenn ich euch erzähle, was der nichtsnutzige Junge nun that. Am nächsten Tage beantwortete er eine Anfrage über gewisse Waren und redete den Herrn, an den der Brief gerichtet war, mit »Freund« an, nannte ihn sogar »Du«, und das ganze Schreiben war so gehalten, als ob es von einem Quäker abgefaßt worden sei, und unterschrieben hatte er: »Dein Mitsünder.« Der Brief wäre wirklich abgegangen, wenn mein Mann nicht glücklicherweise ins Comptoir gekommen wäre und den Comptoirdiener, der im Begriffe war, den Brief zu kopieren, fast vor Lachen hätte ersticken sehen.

Das war denn doch ein bißchen zu stark und durfte unmöglich so hingehen. Er hielt also John in Gegenwart aller andern Commis eine furchtbare Standrede, zerriß den Brief, jagte den Diener fort (den er später wieder annahm) und sagte dem Kassierer, er solle Johns Gehalt für den nächsten Monat einbehalten. Das sollte die Strafe sein. Der Kassierer, ein kleiner, schwacher Mann, war augenscheinlich in großer Verlegenheit, als er diesen Befehl erhielt, und mein Mann, der im Geschäft viel scharfsichtiger ist, als zu Hause, merkte sofort, daß etwas nicht in Ordnung war, und rief den Kassierer in sein Privatcomptoir.

»Sie haben mich doch verstanden?« fragte er. »Mr. John erhält nächsten Monat kein Gehalt; Sie behalten es zurück.«

»Ich bitte um Verzeihung,« antwortete der Kassierer und wurde sehr rot, »aber einbehalten kann ich das Gehalt nicht.«

»Und aus welchem Grunde nicht, wenn ich so frei sein darf, zu fragen?«

»Weil Mr. John es schon erhalten hat; er hat es im voraus erhoben.«

Mein Mann war außerordentlich ärgerlich, weil ein junger Mann, der sein Gehalt im voraus erhebt, offenbar über seine Mittel hinaus lebt.

»O,« entgegnete mein Mann, »und welches Recht haben Sie, jemand Vorschuß zu geben? Ich werde die Sache sofort untersuchen. Haben Sie sich Schuldscheine von ihm geben lassen?«

»Selbstverständlich.«

»Bringen Sie mir Ihr Kassenbuch.«

Der Kassierer holte das Kassenbuch, und mein Mann fand, daß John einen Betrag, der das Gehalt für mehr als drei Monate überstieg, erhoben hatte. Er machte dem Kassierer ernste Vorstellungen und drohte ihm mit sofortiger Entlassung, wenn etwas Derartiges wieder vorkomme. Dann sah er sich nach John um, allein dieser hatte seinen Hut genommen und das Comptoir verlassen.

Als mein Mann an jenem Abend nach Hause kam, war er so aufgeregt, wie ich ihn noch nie gesehen hatte. Er erzählte mir das Vorgefallene, und das beunruhigte mich natürlich im höchsten Grade, denn ich konnte mir nicht verhehlen, daß mein ältester Sohn auf Wegen wandle, die wenig Aussicht boten, einen tüchtigen Geschäftsmann, wie sein Vater war, aus ihm werden zu sehen.

»Er kommt mir nicht wieder ins Comptoir,« sprach mein Mann ärgerlich,»Er verdirbt mir die ganze Gesellschaft und muß sehen, wie er allein fertig wird.«

»Uebereile dich nur nicht,« entgegnete ich,»vergiß nicht, daß er noch sehr jung ist. Ich will 'mal mit ihm reden.«

»Reden kann hier nichts nützen,« versetzte mein Mann,»ich habe es an ernsten Vorstellungen wahrlich nicht fehlen lassen, aber er ist unverbesserlich und das Salz nicht wert, das er ißt. Wenn er heute abend nach Hause kommt, werde ich ihm offen sagen, daß ich meine Hand von ihm abziehe.«

Ich wußte, daß, so ärgerlich mein Mann auch im Augenblick war, er bald wieder ruhiger sein werde, und deshalb machte ich mir keine großen Sorgen, aber ich beschloß, John abzufangen, ehe er mit seinem Vater zusammentraf.

Vor dem Essen kam jedoch der Bediente mit einem Briefe, den, wie er sagte, ein Droschkenkutscher abgegeben hatte.

Er war an meinen Mann gerichtet, der ihn öffnete, las, einen Ausruf der Ueberraschung ausstieß und dann mir reichte.

»Was sagst du dazu?« fragte er.

Der Brief war von John, und soweit ich mich entsinne, lautete er etwa folgendermaßen:

»Lieber Vater! Ich bin zu der Ueberzeugung gekommen, daß ich nie ein guter Kaufmann werde, wozu ich zudem auch gar keine Neigung habe. Aber ich will Dir nicht zur Last fallen und werde für mich selber sorgen. Ob ich Droschkenkutscher oder Omnibusschaffner werde oder zur Bühne gehe, weiß ich noch nicht, werde es Dir aber bald mitteilen. Ich habe mir eine billige Wohnung genommen und werde morgen meine Sachen holen lassen. Sage der Mutter, sie brauche sich keine Sorgen zu machen, ich werde schon meinen Weg finden. Wenn ich Aussicht habe, bei einer Omnibusgesellschaft anzukommen, darf ich dann auf Deine Empfehlung rechnen? Ich glaube, Du kennst den Vorsitzenden der Allgemeinen Omnibusgesellschaft, und ein Wort von Dir wäre mir wohl sehr nützlich.

»Dein Dich stets liebender Sohn

John Tressider.«

Ein netter Brief an einen liebevollen Vater und eine zärtliche Mutter, und noch dazu gerade beim Essen. Natürlich regte er uns furchtbar auf.

»Ach, mein armer Junge!« rief ich aus.

»Das wird ihm ganz gesund sein,« brummte mein Mann.

»Gesund sein!« seufzte ich, und ich sah meinen armen Jungen vor mir, wie er den ganzen Tag in strömendem Regen auf dem Trittbrett eines Omnibus stand und schrie: »Bank – – alte Kentstraße – Highgate Triumphbogen,« und so weiter. »Gesund sein! Wie kannst du so unmenschlich reden, wo du doch weißt, daß dein Sohn John an Rheumatismus leidet und so empfindliche Bronchien von dir geerbt hat? Wenn du ein Vater mit dem Herzen eines Vaters bist, dann läufst du gleich hin und suchst ihn und bringst ihn nach Hause. Lieber Himmel! Wer weiß, was für eine Krankheit er sich holt, wenn er in einer billigen Wohnung bleibt.«

»Ach, papperlapapp! Der ist wahrscheinlich nach einem guten Gasthofe gegangen. John Tressider sieht mir gerade so aus, als ob er sich was abgehen lassen würde. Er muß zur Vernunft kommen.«

»Was kann das nützen, daß er zur Vernunft kommt, wenn er sich den Tod dabei holt?« entgegnete ich. »Du weißt, wie unbesonnen er ist. Es ist deine Pflicht, auf der Stelle fortzugehen und ihn nach Hause zu holen.«

»Ganz bestimmt nicht. Er weiß, wo er zu Hause ist, und kann kommen, wann's ihm beliebt.«

»Wenn du nicht gehst, dann thue ich's,« rief ich entrüstet und rannte hinauf, um meinen Hut aufzusetzen.

Mein Mann folgte mir.

»Jane,« sagte er, »mach dich doch nicht lächerlich. Du kannst doch nicht in den Straßen umherlaufen und John, John' rufen? Und da du gar nicht weißt, wo du ihn suchen sollst, bliebe dir doch nichts andres übrig.«

»Ich werde auf die Polizeiwache gehen,« antwortete ich, »und dann lasse ich Anschlagezettel drucken und biete eine große Belohnung. Ich werde auch eine Anzeige in die Times setzen.«

»Wenn du einmal anfängst, dann besorg's auch gründlich. Laß die Kanäle und die abgehenden Dampfer in allen Häfen durchsuchen und die Eisenbahnzüge bewachen; es geht in einem hin,« sprach mein Mann. Als er aber sah, wie unglücklich und verzweifelt ich wirklich war, wurde er ernst. »So beruhige dich doch nur, liebe Frau,« sagte er freundlich. »John ist alt und verständig genug, es wird ihm nichts zustoßen, und wenn er heute abend nicht nach Hause kommt, dann werde ich morgen Schritte thun, um ihn zu suchen. Er darf sich nicht einbilden, daß er uns Angst verursacht habe, sonst macht er uns mehr solche Streiche.«

Ich ließ mich überreden, daß keine Gefahr vorhanden sei, und nahm meinen Hut wieder ab, aber ich blieb bis zwei Uhr morgens auf und horchte nach der Hausthür, und als ich endlich zu Bett ging, konnte ich kein Auge schließen. Am andern Morgen war ich zu unwohl, um aufzustehen, aber ich ließ mir von meinem Manne das Versprechen geben, daß er John suchen und mit nach Hause bringen wolle. Bald nachdem Mr. Tressider ins Geschäft gegangen war, kam der Bediente mit einem Brief in mein Zimmer. Ich wußte sofort, daß er von meinem Jungen war.

»Bitte, Madame, ein Droschkenkutscher hat dies gebracht, und es sollte sogleich abgegeben werden.«

Ich nahm ihm das Papier ab und riß es auf. Es war von meinem Sohne, wie ich erwartet hatte.

»Liebe Mutter!« schrieb er: »Willst Du so gut sein und mich um zwölf Uhr am Triumphbogen treffen? Ich will Dir alles erklären. Bitte, bring einen Fünfer mit. Dein Dich liebender Sohn John.«

Sowie ich wußte, daß mein Sohn wohlbehalten war, trat eine Umwälzung in meinen Gefühlen ein: ich wurde sehr zornig, daß er mir so viel Kummer und Angst gemacht hatte.

»Das sind wirklich reizende Zustände,« sagte ich, »wenn eine anständige Mutter zum Stelldichein mit ihrem Sohne an den Triumphbogen gehen muß. ›Bring einen Fünfer mit!‹ Ich muß sagen, das ist ein bißchen stark. Denkt denn der Schlingel, ich könne, wo ich jeden Schilling von meinem Haushaltsgeld notwendig brauche, Fünfpfundnoten aus dem Aermel schütteln?«

Ich steckte aber doch fünf Pfund in die Tasche, ehe ich ausging, nahm einen Omnibus (zu Droschken habe ich mich nie entschließen können, und mein Mann hatte unsern Wagen mit nach der City genommen) und fuhr nach dem Triumphbogen.

Und da stand mein unglücklicher Sohn ganz unverfroren und hatte sogar eine Blume im Knopfloch. Er kam mir sehr lustig entgegen und sprach: »Ich hoffe, du hast dich nicht geängstigt, Mutter, aber die Geschichte ist zu eklig, und ich muß was thun.«

»Nicht geängstigt?« rief ich aus, »Du wirst noch mein Herz brechen, John, ich habe die ganze Nacht kein Auge zugethan. Was ist das für ein Benehmen für einen wohlerzogenen jungen Mann?«

»Nun, fang du nur nicht auch noch an zu schelten,« entgegnete mir der Junge, »ich bin wirklich in einer schauderhaften Klemme.«

Etwas in seinem Tone flößte mir eine unbestimmte Besorgnis ein.

»Was soll das heißen, John?« rief ich, »Quäl mich nicht; sag mir alles.«

»Ja, siehst du, Mutter, ich wußte, daß es Krawall mit dem Alten geben würde, wenn er merkte, daß ich das Geld vom Kassierer geborgt hatte, und darum hielt ich es fürs beste, nicht dabei zu sein, wenn er das Schlimmste erführe. Weit davon ist sicher vor dem Schuß, weißt du. Die Sache ist nämlich die: ich stecke in Schulden, und diese niederträchtigen Gläubiger wollen sich nicht länger vertrösten lassen. Sie haben mir gedroht, sie wollten die Rechnungen dem Alten schicken, und da dachte ich, es wäre besser, wenn ich mich ein bißchen im Schatten hielte.«

»Wieviel Schulden hast du, John?« fragte ich mit zitternder Stimme. »Zwanzig Pfund?«

»Zwanzig Pfund! Du lieber Himmel, Mutter, du denkst doch nicht, daß ich wegen lumpiger zwanzig Pfund von Hause fortlaufen würde? Ich fürchte, zweihundert wird der Wahrheit näher kommen.«

Ich war über dieses Geständnis entsetzt, wie das jede Mutter gewesen wäre.

»Was hast du denn mit all dem Gelde angefangen, John?« rief ich aus.

»Ich habe das Geld gar nicht gehabt, Mutter, ich bin es schuldig. Siehst du, die Sache ist so gekommen: Das Gehalt, das mir der Alte gibt, ist furchtbar klein, und statt meine Kleider und Sachen damit zu bezahlen, habe ich sie auf Rechnung genommen, und da hänge ich denn nun an allen Ecken. Ich habe die Leute beruhigt, solange ich konnte, aber einige wollen jetzt nicht mehr warten, und die Rechnungen werden dem Alten wohl ins Haus geschickt werden. Ich hatte mich gestern entschlossen, alles zu gestehen, aber er geriet in eine solche Wut über den Brief und sagte dem Kassierer, er solle mir kein Geld mehr geben, und da dachte ich, das Gewitter wäre nun einmal losgebrochen, und es wäre wohl besser, wenn ich aus dem Wege ginge, bis es vorüber ist.«

»Was dein Vater dazu sagen wird, wenn er's hört, weiß ich nicht. Es wird sicher einen Auftritt geben,« sagte ich. »Wie konntest du nur so leichtsinnig sein, John? Ein Junge von deinem Alter, es ist ganz schrecklich, geradezu sündhaft.«

»Ich bin kein Junge mehr,« entgegnete er ganz gekränkt, »und das ist es eben, was du und der Alte nicht begreifen wollt. Ich bin zwanzig Jahre alt, und da ist man ein junger Mann.«

»Ich fürchte, John, du bist unsolid,« versetzte ich. »Du hast in dem schrecklichen Billardsaal, wo du abends immer hingehst, schlechte Gesellschaft kennen gelernt. Aus jungen Leuten, die in den Billardsälen umherlungern, ist noch nie etwas Ordentliches geworden. Das führt zum Wetten, Spielen und Trinken und allen möglichen schrecklichen Dingen. Bist du auch im ›Wellington‹ Geld schuldig?«

Der »Wellington« war ein Wirtshaus in unsrer Nachbarschaft, mit einem Billardzimmer, und ich hatte gehört, daß abends dort immer viele junge Leute verkehrten.

»Ja, siehst du, Mutter, die Sache läßt sich doch nun einmal nicht ändern,« entgegnete John, »ich hänge da auch ein bißchen. Einer oder zwei den jungen Leuten haben mir etwas abgewonnen, aber sie haben es stehen lassen, weil sie wissen, daß ich in der Patsche sitze.«

»O, sie haben dir im ›Wellington‹ Geld abgewonnen, was?« fragte ich, »Das habe ich mir gedacht. Ich werde heute nachmittag zum Wirt gehen und ihm sagen, was ich von ihm halte, daß er einem Haufen dummer Jungen Gelegenheit gibt, zu spielen und zu trinken.«

John wurde bis unter die Haare rot, »Ums Himmels willen, Mutter,« rief er, »mach nur keinen Unsinn; der Wirt hat gar nichts damit zu thun, das ist ein sehr achtbarer Mann.«

»O, ja, sehr achtbar, das bezweifle ich keinen Augenblick. Wenn's nach mir ginge, dann würden alle diese Orte von der Polizei geschlossen.«

»Aber, liebe Mutter, wenn auch du dich von mir abwendest, dann habe ich keinen Freund mehr auf der Welt, und dann bleibt mir nichts andres übrig, als nach Amerika zu gehen und das Ueberfahrtsgeld abzuverdienen.«

»Schwätz kein albernes Zeug,« antwortete ich, aber doch etwas freundlicher, denn ich fürchtete, er könne wirklich etwas derart thun. »Wie kann ich dir helfen? Zweihundert Pfund habe ich nicht.«

»Nein, aber ich dachte, wenn du mir einen Fünfer mitgebracht hättest, dann könnte ich's noch ein paar Tage aushalten, während du es dem Alten vorsichtig beibrächtest und ihn überredetest, mir aus der Patsche zu helfen.«

Nun, das Ende vom Lied war, daß ich einwilligte, mit seinem Vater zu sprechen, aber nur unter der Bedingung, daß er sofort nach Hause zurückkehre. Ich glaube, er hätte lieber die fünf Pfund genommen und wäre noch eine Weile ausgeblieben, aber ich ließ mich auf nichts ein.

Am Abend brachte ich die Sache so schonend als möglich seinem Vater bei, der natürlich tief bekümmert war.»Was soll aus dem leichtfertigen Strick werden?« sagte er,»er wird unsre grauen Haare mit Jammer in die Grube bringen.«

Ich bat aber sehr inständig für meinen Jungen, und so willigte er endlich ein, ihm die Schulden zu bezahlen und noch einen Versuch mit ihm in der City zu machen. Und das that er, allein John konnte sich nicht daran gewöhnen, und gerade, als ich schon angefangen hatte, zu verzweifeln, daß jemals etwas Ordentliches aus ihm werden würde, kam er eines Tages zu mir und erzählte mir, er habe für eine von ihm geschriebene und vom»Family Herald« angenommene Geschichte fünf Pfund erhalten.

Ich wußte, daß er mit der Feder ganz gewandt war und immer zu seinem Vergnügen Verse und dergleichen geschrieben hatte, aber nie war mir der Gedanke gekommen, daß John zum Schriftsteller erblühen werde. Natürlich war ich sehr stolz, und als ich es seinem Vater erzählte, sagte ich:»Hinter John steckt mehr, als wir denken; er kann die Familie vielleicht noch berühmt machen.«

Aber die Annahme der Erzählung verdarb ihn vollends zum Geschäftsleben. Die Comptoirarbeit wurde ihm widerwärtiger denn je. Er saß immer bis spät in die Nacht hinein in seinem Schlafzimmer und schrieb, und dabei erklärte er, er könne keinen andern Beruf ergreifen, als den des Schriftstellers. Auch fing er an, Samtröcke zu tragen und eine greuliche schwarze Thonpfeife zu rauchen, sehr zum Entsetzen seiner Schwestern, die meinten, es sei geradezu eine Schande, daß er so auf der Straße umherlaufe. Allein er sagte, er sei ein geborener Zigeuner (was er damit sagen wollte, weiß ich nicht), und die feine Gesellschaft sei ihm widerlich; er werde sich hüten, sich zum Sklaven leerer Formen machen zu lassen.

Endlich kam auch sein Vater zur Ueberzeugung, daß weitere Versuche, einen Geschäftsmann aus ihm zu machen, aussichtslos seien. Er solle sich selbst seine Laufbahn begründen, und bis er auf eigenen Füßen stehen könne, möge er im Hause bleiben und solle jährlich hundert Pfund haben, John schrieb nun sehr viel zu Hause, ging aber auch oft aus und besuchte Schriftstellerklubs, und dann und wann kamen ganz komisch aussehende Menschen, um ihn zu besuchen. Etwas Geld verdiente er zwar mit seiner Schreiberei, aber von einer Laufbahn war noch nichts zu verspüren, und die Sache machte mir großen Kummer, weil ich immer gehofft hatte, ihn dermaleinst in seines Vaters Stellung zu sehen, wenn dieser sich zurückziehen würde. Aber William blieb stetig im Geschäft und war überhaupt ganz anders als John, und es war zu dieser Zeit, wo John noch im Hause war und schrieb, daß ich in sein Zimmer kam und die Photographie seiner ihn liebenden Lottie entdeckte.

Jetzt werdet ihr meine Empfindungen begreifen, und daß ich einen furchtbaren Schreck kriegte.

Wie sich die Sache weiter entwickelte, werde ich erzählen, wenn ich so weit bin. Für jetzt muß ich nochmal auf meine älteste Tochter Sabine und Mr. Augustus Walkinshaw zurückkommen.

Johns wegen war es zwischen Augustus und seiner Mutter zu heftigen Worten gekommen, und bei ihren engherzigen und eigentümlichen Ansichten und Johns Samtrock und Thonpfeife wunderte mich das gar nicht.

Er war ihr eines Tages als Miß Tressiders ältester Bruder gezeigt worden, und die Dame, die das gethan, hatte hinzugesetzt:»Sie kennen doch gewiß den Bruder ihrer zukünftigen Schwiegertochter?«

Sie war sehr entrüstet, daß sie mit John und seiner Thonpfeife verwandt werden sollte, und sprach mit Augustus darüber. Dabei hatte sie augenscheinlich etwas gesagt, was dieser für eine Beleidigung unsrer Familie hielt, denn er war ärgerlich geworden und hatte Sabine alles wiedererzählt, und daß er wegen Johns Thonpfeife einen Zank mit seiner Mutter gehabt habe.

Und Sabine, die auch ihren Stolz besitzt, hatte für ihre Familie Partei genommen, obgleich sie der Ansicht war, daß John ihr keine

Ehre mache. Es war zu einigen unfreundlichen Worten zwischen ihr und Augustus gekommen, und dann hatte sie den vorhin erwähnten dummen Brief geschrieben.

Es war nur ein Zank, wie er zwischen Liebenden wohl 'mal vorkommt, und sie versöhnten sich auch gleich wieder, aber für mich war es nicht angenehm, zu wissen, daß sich Augustus' Mutter über uns aufhielt und in gewisser Weise auf uns herabsah. Das ist etwas, was ich nie habe vertragen können, und es war sehr hart, daß ich jetzt in Folge des Eigensinns meiner Kinder damit beginnen mußte, besonders nach dem Heidengeld, das ihre Erziehung gekostet hat.

Aber lieber verschluckte ich meinen Stolz, als daß ich Unannehmlichkeiten herbeiführte, und deshalb gab ich meine Absicht, zu Mrs. Walkinshaw zu gehen, auf und begann mit den Vorbereitungen zur Hochzeit.

Es war beschlossen worden, daß, wenn Sabine und Augustus heirateten, dieser sein Vermögen in einem Gute anlegen und Landwirt werden sollte, was seinen Neigungen und Kenntnissen entsprach. Als er etwas gefunden zu haben glaubte, was ihm geeignet schien, fuhr ich mit Sabine hin, um es mir anzusehen.

Augustus hatte ein Gut gewählt, das fünf Meilen von Dingsda lag, und obgleich wir eine kleine Meinungsverschiedenheit hatten, da es mir nicht gefiel, daß ich fünf Meilen von der nächsten Eisenbahnstation fahren sollte, wenn ich meine Tochter 'mal besuchen wollte, hatte ich doch schließlich nachgegeben, weil Augustus mir versicherte, daß vom geschäftlichen Standpunkt aus der Kauf sehr vorteilhaft sei.

Als sie dort eingerichtet waren, und meine Sabine, die an Gesellschaft und nahe Nachbarn gewöhnt war, kennen lernte, was es hieß, in einer einsamen Gegend zu wohnen, namentlich, wenn der Mann mitten in der Nacht fünf Meilen reiten muß, um einen Tierarzt zu einem Preisschwein zu holen, das sich überfressen hat, oder etwas Aehnliches, da hat sie oft genug ihrer Mutter Worte gedacht.

Aber meine mütterlichen Sorgen und meines armen Kindes Erfahrungen in ihrem neuen Heim (fünf Meilen von Dingsda) sollen bei einer späteren Gelegenheit berichtet werden.

Fünfte Erinnerung.

Fünf Meilen von Dingsda.

Als ich meine Einwilligung gab, daß Augustus das Gut kaufe (fünf Meilen von Dingsda), das wir mit ihm als meiner lieben Sabine künftiges Heim besichtigt hatten, habe ich mich entschieden beschwatzen lassen. Aber der arme Augustus hatte so viele Schwierigkeiten, etwas Passendes zu finden. Sein Agent hatte ihn im ganzen Lande umhergejagt, und er hatte schreckliche Güter gesehen, so daß er mir wirklich leid that und mein Mitleid die Stimme meiner besseren Ueberzeugung zum Schweigen brachte.

Natürlich war er sehr hoffnungsvoll und geneigt, die Dinge im besten Lichte zu sehen. Er war eben verliebt, und ist ein junger Mann das, dann wird ihm eine steinige Wüste zum Garten Eden, wenn sie seine besondere Eva mit ihm teilen soll; allein ich fürchte, nach der Hochzeit werden viel mehr Gärten Eden zu steinigen Wüsten, als steinige Wüsten zu Gärten Eden. Es ist aber ganz natürlich, daß junge Leute alles durch eine rosige Brille sehen. Ich bewundere stets den jungen Helden im Schauspiel, der jede Schwierigkeit hinweglacht und zum Mädchen seines Herzens (und zur Galerie) spricht: »Gräme dich nicht darüber, mein Lieb, daß dein Vater seine Reichtümer verloren hat; wir besitzen Jugend und Gesundheit, und Hand in Hand können wir der Zukunft ruhig ins Gesicht sehen.«

Darin spricht sich eine edle Gesinnung aus, und sie wird auch immer mit donnerndem Beifall belohnt, aber ich habe bemerkt, daß es dem Helden und der Heldin in der Regel herzlich schlecht ergeht, bis sie den fünften Akt glücklich erreicht haben.

Es ist schließlich ganz gut, wenn wir unsre kleinen Mühsale und Schwierigkeiten gleich im Anfang haben, denn in Zeiten der Heimsuchung, Sorge und Angst werden die großen Lehren des Lebens gelernt. Ich konnte mich der Besorgnis nicht entschlagen, daß Augustus und Sabine sehr viel wagten, als sie dieses einsame Gut nahmen. Mir wäre es viel lieber gewesen, sie etwas näher bei uns zu haben, wo ich sie hätte öfter sehen können; aber als Augustus erklärte, Güter finde man nicht jeden Tag im Fünfmeilenumkreis, gab ich, wenn auch ungern, sehr ungern, nach, und der Kauf wurde abgeschlossen.

Das Haus war reizend, und daß die Lage gut war, ließ sich nicht bestreiten, aber die Straßen waren einfach entsetzlich. Nie im Leben bin ich so zusammengerüttelt und -gestoßen worden, als in dem Wagen, der uns vom Bahnhof hinbrachte. Die letzte Meile führte über einen Weg, der wie ein frisch gepflügter Acker aussah, und auf der letzten Strecke mußte der Kutscher, immer absteigen und Thore in Feldzäunen öffnen. Der Agent, der uns am Bahnhofe erwartet hatte, fuhr mit uns und suchte alles zu beschönigen. Das Wetter wäre schlecht gewesen, und es würde eine neue Straße gebaut, und alles Mögliche, aber ich hatte mehrere Tage furchtbares Kopfweh.

Wenn ich einmal wieder etwas mit dem Ankauf eines Gutes für eins meiner Kinder zu thun habe, werde ich Sorge tragen, daß der Agent uns nicht erwartet. Er war es, der augenscheinlich dem Kutscher ehe wir kamen, gesagt hatte, wohin er uns fahren sollte, und diese Tücke seinerseits verhinderte uns, den Namen des Gutes zu hören, ehe es zu spät war. Als ich ihn kennen lernte, war ich im höchsten Grade entrüstet, denn das Gut war in der Gegend unter dem gräßlichen Namen »Galgenhof« bekannt.

Wie es scheint, hatte früher einmal auf einem benachbarten Berge ein Galgen gestanden, und daher hatte das Gut den Namen erhalten.

»Augustus,« sagte ich zu meinem künftigen Schwiegersohn, als die Wahrheit an den Tag kam, »ich werde niemals meine Einwilligung geben, daß eins meiner Kinder eine solche Adresse habe. Du mußt den Namen ändern, ich kann doch nicht ›Galge‹ auf einen an meine Tochter gerichteten Brief schreiben!« Er versprach mir, daß er den Namen ändern lassen wolle, und ich weiß auch, daß er's versucht hat, aber vergebens. Der Name hing fest, jedermann nannte das Gut so, und Galgenhof heißt's bis auf den heutigen Tag, aber meine Kinder haben es, Gott sei Dank, schon lange wieder verlassen.

Ich mochte thun, was ich wollte, ich konnte mir den Namen von Sabines künftigem Heim nicht aus dem Kopfe schlagen, und er lag während der Vorbereitungen zur Hochzeit wie ein Alb auf mir. Das liebe Mädchen fand sich wundervoll hinein und bat mich, ich möchte mich nicht darüber grämen, da es nach ihrer Verheiratung nicht mehr mit dem schrecklichen Namen benannt werden solle. Ich schlug vor, sie sollten es »Rosen«- oder »Lilienhof« nennen, und Augustus sagte, er wolle versuchen, es unter einem dieser Namen im Grafschaftsadreßbuch und bei der Post eintragen zu lassen. John, mein ältester Sohn, meinte: »Warum nennt ihr es nicht ›Walkinshaw Hall‹ oder ›Schloß Tressider‹?« Aber das war abgeschmackt, und würde, wie Sabine sehr richtig bemerkte, wie Anmaßung aussehen, zumal nichts in der Welt das Haus zu einer Halle oder einem Schlosse machen konnte.

Augustus hat, wie ich weiß, einen weitläufigen Briefwechsel über die Sache mit den Grafschaftsbehörden geführt, aber das Ergebnis war keineswegs ermutigend, denn er fand, daß die vollständige und einzig gesetzliche Benennung »Galgenhof, Groß-Puddlebury, Warwickshire« war. Dabei hörte er zum erstenmal vom Kirchspiel Groß-Puddlebury, und das war ein neuer Schlag. Der hinterlistige Agent hatte nie auch nur im Entferntesten angedeutet, daß es einen Ort wie Puddlebury in der Nähe gebe, sondern hatte das Gut in allen seinen Briefen als »bei Dingsda« liegend bezeichnet, und das ist eine bedeutende, um nicht zu sagen, vornehme Stadt, und sie war fünf Meilen entfernt, wie wir zu unserm Leidwesen entdeckten, als wir die Bahnstation erreicht hatten.

Augustus machte ich keine Vorwürfe, denn er war jung, unerfahren und verliebt, und das macht einen Mann gegen vieles blind, was er sehen würde, wenn er die Augen offen hätte. Aber meinen Mann tadelte ich. Wenn er seine Pflicht als Vater gethan hätte, dann wäre er selbst hingegangen und hätte sich das Gut angesehen und Erkundigungen eingezogen, aber natürlich wurde wieder alles mir überlassen, und daß ich etwas von Gütern verstehen soll, kann ein vernünftiger Mensch doch kaum erwarten.

»John Tressider,« sprach ich, als wir am Abend, wo wir die Entdeckung gemacht hatten, allein waren, »ich hoffe, du wirst dir das zur Warnung dienen lassen. Deine erste verheiratete Tochter geht aus den Armen ihrer Mutter an einen Galgen und wird die ersten Jahre ihrer jungen Ehe in Groß-Puddlebury verleben.«

Alles, was er that, war, daß er eine einfältige Bemerkung über Shakespeare machte und etwas brummte, das so klang, wie: »Was ist ein Name?« Aber ich bin nicht die Frau, die sich mit Shakespeare zum Schweigen bringen läßt, und deshalb sagte ich: »Nicht Shakespeares Tochter soll auf dem Galgenhof leben, sondern meine, und was das nun anlangt, daß nichts an einem Namen läge, so glaube ich nicht, daß selbst du einverstanden gewesen wärest, wenn ich vorgeschlagen hätte, unsern ältesten Sohn ›Ischariot‹ und unsre älteste Tochter ›Jezebel‹ zu taufen. Es gibt gewisse Namen, womit gewisse häßliche Vorstellungen untrennbar verbunden sind, das kannst du nicht in Abrede stellen.«

Er konnte es nicht, und deshalb versuchte er es auch gar nicht, sondern erklärte, er sei ins Bett gegangen, um zu schlafen, nicht um sich zu streiten, und fünf Minuten nachher schnarchte er, daß sich die Balken bogen, obgleich er, wenn ich ihn wecke, immer behauptet, es wäre nicht wahr, das Geräusch käme von dem Eisenbahnzuge her, der hinter unserm Garten hinfährt. Für unfehlbar halte ich mich nicht, aber ich kann Schnarchen von einem Eisenbahnzuge unterscheiden, allein was nützt es, einen Mann überzeugen zu wollen, der wie ein Sack schläft und, wenn man ihn mit dem Ellbogen in die Rippen stößt, bloß grunzt, sich auf die andre Seite dreht und dabei die halbe Decke mitnimmt.

So leid es mir that, mich von meinem Kinde trennen zu müssen, war es mir doch eine Erleichterung, als der Hochzeitstag kam, denn ich war beinahe um den Verstand geärgert worden, besonders von den Schneiderinnen und den Dienstboten, und die Entdeckung über John war auch nicht danach angethan, die Sache zu verbessern. Der größte Aerger war mir aber für den Morgen des Hochzeitstages selbst vorbehalten. Ich erfuhr nämlich, daß mein Mann, dem das Bestellen der Wagen überlassen worden war – das war alles, was ich von ihm verlangt hatte – es vollständig vergessen hatte. Ich hätte wirklich vor Aerger weinen können.

»Dir ist es natürlich einerlei,« sagte ich, »wenn wir in Droschken nach der Kirche fahren müssen. Sabine kann unsern Wagen nehmen, das arme Kind, aber was wird aus uns andern?«

»Beruhige dich nur,« entgegnete er, »es ist noch Zeit genug; ich werde Jones, unsern Kutscher, sogleich fortschicken, daß er die Wagen bestellt.«

Es war acht Uhr morgens am Hochzeitsmorgen und ich hatte eine Ahnung, daß es Unannehmlichkeiten geben werde, und richtig – es gab welche.

Jones, statt zu einem ordentlichen Fuhrhalter zu gehen, gab den Auftrag einem kleinen Manne, der sein Geschäft eben angefangen hatte (natürlich ein Freund von ihm), und die Folge war, daß ich beinahe in Ohnmacht gefallen wäre, als ich den Wagen sah, aber da ich am Hochzeitstage meiner Tochter keine peinlichen Auftritte haben wollte, mußte ich meine Gefühle in meine Brust verschließen.

Wo der Mann die Pferde aufgetrieben hatte, ist mir rätselhaft; es müßte denn sein, daß er nach einer Tierarzneischule gegangen wäre und sämtliche dort in Behandlung befindlichen Pferde für den Tag gemietet hätte.

Es war schon etwas spät geworden, bis alles in Ordnung war, und als wir endlich in Bewegung kamen, trödelte der Mensch in einer Weise, daß man hatte aus der Haut fahren mögen. Ich hielt so lange als möglich an mich, endlich aber konnte ich es nicht mehr mit ansehen. Ich steckte den Kopf zum Fenster hinaus und sagte zu unserm Kutscher: »Mein Lieber, wir fahren ja nicht zu einem Leichenbegängnis; es soll eine Hochzeit vorstellen.«

»Schön, schön, Madamchen,« entgegnete er, »diese Pferde sind im Anfang ein bißchen spatlahm, aber es wird schon kommen;« dann schnalzte er mit der Zunge und fing an, mit der Peitsche daraufzuschlagen, bis eins hinten ausschlug und das andre nicht mehr vom Fleck wollte, »stätsch« wurde, nennt man das, glaube ich.

Und nun fing ein Haufen von Metzgerjungen und andern Lehrlingen, die sich vor unserm Hause gesammelt hatten, um uns abfahren zu sehen, und die dann nachgelaufen waren, an, zu johlen und zu pfeifen und unverschämte Bemerkungen zu machen.

»Das ist mehr, als menschliches Fleisch und Blut aushalten können« rief ich. »Ich will aussteigen!«

Ich bog mich aus dem Fenster, um dem Manne zuzurufen, er solle anhalten. In dem Augenblicke schwang er gerade seine Peitsche und traf mich ins Gesicht, und das ist doch eine saubere Bescherung für eine Mutter am Hochzeitstage ihrer Tochter, und alles das kam nur davon her, daß sie ihrem Manne eine solche Kleinigkeit, wie das Bestellen der Wagen, überlassen hatte, und dann wundern sich die Leute auch noch, daß ich manchmal ärgerlich werde.

Obgleich es mir im Augenblick sehr weh that, blieb glücklicherweise kein Striemen zurück. Im selben Augenblick zogen die Pferde heftig an und gingen im Galopp weiter. Ich hatte Todesangst und zitterte während der Feierlichkeit am ganzen Leibe, aber es war doch ein Glück, denn wir kamen eben noch knapp zur rechten Zeit in die Kirche. Ein Glück war es auch, daß die andern Pferde, ebenfalls erbärmliche Kracken, nicht auch »stätsch« geworden waren, so daß die Brautjungfern und alle Leute, die von unserm Hause kamen, pünktlich da waren, und ich hatte eben noch Zeit, mich auf meinen Platz – »schubsen«, ich kann nicht sagen »führen« – zu lassen, als die Feierlichkeit begann.

Danach ging alles, Gott sei Dank, glatt. Ich überwand meine natürliche Entrüstung und war ganz vergnügt, bis die Zeit kam, wo ich meinem lieben Kinde Lebewohl sagen und es der Obhut eines andern anvertrauen mußte.

Ich weinte – wie konnte ich anders! – und meine liebe Sabine – Gott segne sie! – weinte auch, und als wir hinunter kamen, hatte ich eine kurze Unterredung mit Augustus und ließ mir von ihm versprechen, daß er mein Kind in gute Obhut nehmen und immer vorsichtig sein wolle. Namentlich schärfte ich ihm ein, daß er sie nie in fremden Gasthäusern Wasser trinken lasse (sie machten nämlich eine Hochzeitsreise), und daß er sich immer genau erkundigen müsse, ob irgend welche ansteckende Krankheiten in den Städten, wo sie sich aufhalten wollten, herrschten. Auch ermahnte ich ihn, stets einen Wagen in der Mitte des Zuges zu nehmen, denn diese sind bei etwaigen Zusammenstößen am wenigsten gefährdet. Dann noch eine lange, liebevolle Umarmung, wobei ich meine Tochter daran erinnerte, daß ich ihr einige Rezepte in die Reisetasche gelegt hätte, für den Fall, daß sie sich in einer der gräßlichen Städte auf dem Festland nicht wohl fühlen sollte, und ich ließ sie gehen; alles drängte dem glücklichen Paare nach, und sie fuhren unter einem Regen von Reis und alten Pantoffeln davon.

Eins muß ich noch erwähnen, und zwar jetzt, und das ist, daß mir Augustus auch nie eine Stunde Sorge gemacht hat, abgesehen von dem Gut und einigen andern Dingen, die er nicht ändern konnte;

und meine Tochter hat einen Mann, wie man kaum einen unter Tausenden findet. Einen zärtlicheren, Hingebenderen, liebenswürdigeren Gatten kann sich eine Frau nicht wünschen, und er ist mir bei vielen Gelegenheiten eine große Stütze gewesen. Von allen meinen Schwiegersöhnen – aber ich will nicht anzüglich werden.

Während sie auf der Hochzeitsreise waren, schrieb mir mein liebes Kind sehr häufig, und ich war über ihr Glück ohne Sorge. Sie war gerührt über Augustus' liebevolle Fürsorge, und ich hatte also nur eins, was mir Kummer machte, und das war das Gut.

Sie wollten sich nach ihrer Rückkehr sofort hinbegeben. Ein als Inspektor angenommener alter Diener der Familie Walkinshaw war mit seiner Frau bereits dort, um alles in Ordnung zu bringen. Sabine teilte mir mit, Mrs. Jolly, die Frau des Inspektors, habe ihr geschrieben, die Möbel seien alle wohlbehalten angekommen, das Haus sähe reizend aus, auch Dienstboten seien angenommen worden. Jolly habe die für das Gut nötigen Arbeiter zusammengebracht, etwas Vieh gekauft, kurz, es gehe alles wie am Schnürchen. Ueber das Gut schien sie sich keine Sorgen zu machen, und ich versuchte mich ebenfalls zu überreden, daß trotz des schrecklichen Namens alles gut gehen werde.

Allein ich hatte doch ein unbehagliches Gefühl, als ich mich gleich nach ihrer Rückkehr hinsetzte und meinen ersten Brief überschrieb an:

»Mrs. Walkinshaw,
Galgenhof, Groß-Puddlebury.«

Ich betrachtete mir den Umschlag lange Zeit, ehe ich den Brief abgehen ließ; es war nicht die Art von Aufschrift, wie ich sie mir für meine älteste Tochter ausgemalt hatte.

Sabine antwortete mir sofort und versicherte mir, sie sei sehr glücklich und hoffe mit ihrem Manne, daß ich ihnen einen kleinen Besuch machen würde, sobald sie mit ihrer Einrichtung fertig seien, und das that ich auch.

Ich war erfreut, mein liebes Kind sehr wohl und glücklich zu finden. Ihr Heim war reizend möbliert und schön ausgestattet, aber da ich keine jung verheiratete Frau war, entgingen mir auch einige

Schattenseiten nicht, die sie übersahen, weil sie viel zu sehr miteinander beschäftigt waren.

Vor allem war es die einsame Lage, die mich unangenehm berührte. Das nächste Haus, abgesehen von dem des Inspektors, lag eine volle Meile entfernt, und als ich die Straßen, den Teich und die Sümpfe sah, konnte ich die Bemerkung nicht unterdrücken: »Was nützen dir nun alle die schönen Kleider? Du kannst doch die Schweine und Hühner nicht darin füttern? Und, allmächtiger Gott, Kind, was wollt ihr denn anfangen, wenn ihr einmal einen Doktor nötig habt? Wo wohnt denn der nächste?«

»Nun,« sagte Augustus, »drei Meilen von hier wohnt ein Tierarzt, das ist der nächste.«

»Augustus,« antwortete ich entrüstet, »du denkst doch hoffentlich nicht daran, einen Tierarzt zu meinem Kinde holen zu lassen, wenn sie einmal krank sein sollte?«

Er lachte und sagte, er hätte nur Scherz gemacht. Ich habe es gern, wenn ein Doktor und eine gute Apotheke, bei der man sich darauf verlassen kann, daß die Rezepte auch richtig gemacht werden, in der Nähe sind, und ich war wirklich beunruhigt, als ich erfuhr, daß sie volle fünf Meilen nach einem Arzte schicken müßten. »Nimm nur einmal an,« sprach ich, »Sabine würde plötzlich krank, oder von irgend einem Vieh erschreckt, oder sie käme mit dem Bein in eine von den greulichen Maschinen, die immerzu schnurren, oder sie kriegte in dem schrecklichen Wirtschaftshof – nebenbei rate ich dir, ihn jeden Tag ordentlich mit Karbolsäure begießen zu lassen – nasse Füße und erkältete sich ernstlich, und dann mußt du auch dafür sorgen, daß immer ein genügender Vorrat von Chinin im Hause ist, denn man hat mir erzählt, es gäbe hier viel Fieber, und wenn du hörst, daß in einem der Dörfer hier herum die Masern oder etwas Derartiges sind, dann gehe nur ja nicht hin, ohne dir die Taschen voll Kampfer zu stecken; vor allem überzeuge dich, daß das Trinkwasser gesund ist, trinke niemals einen Schluck, ohne daß es erst filtriert und dann gekocht worden ist.«

Augustus lachte und Sabine lächelte, »Ja, ja, ihr Lieben,« sagte ich jedoch, »ihr haltet mich vielleicht für sehr thöricht, aber es ist nur meine mütterliche Liebe.« Damals lachten sie, aber sie sollten noch zur Einsicht kommen, wie verständig einige meiner Warnungen waren, ganz besonders die wegen des Wassers, das einmal auf irgend eine Weise verunreinigt wurde, und dann mußten sie jeden Tropfen Trinkwasser vier Meilen weit holen lassen.

So ängstlich man sonst bei einer solchen Gelegenheit ist, war es mir doch eine große Erleichterung, als mein erstes Enkelchen auf der Bildfläche erschien (und noch dazu fünf Meilen vom nächsten Doktor), denn nun hörte alles Zögern und alle Unentschlossenheit wegen der Aufgabe des Gutes und Uebersiedelung in eine civilisierte Gegend auf.

»Wenn ihr hier bleibt, so ist's der reine Kindsmord,« sprach ich zu Augustus, und Sabine sah die Sache jetzt auch von meinem Gesichtspunkt aus an, und, Gott sei Dank! sehr bald hatte ich sie unter meinem mütterlichen Auge, mit einem Doktor im nächsten Hause, was mir eine große Beruhigung war, und gleich um die Ecke eine gute Apotheke. Ja, ihr jungen Leute, ihr haltet Mütter und Väter für ängstliche, lästige Menschen, bis ihr selbst Väter und Mütter seid; dann fangt ihr an, sie zu begreifen. Wenn ich jetzt die Briefe wieder hervorsuche und durchlese, die mir Sabine vom Galgenhof geschrieben hat, dann wundere ich mich, daß sie überhaupt so lange dort geblieben sind, aber Augustus war ein sehr liebevoller Gatte, und das machte den Lebensweg so hell, daß selbst ein Galgen keinen finsteren Schatten darauf werfen konnte.

Er kam mit einem blauen Auge davon und verlor wenigstens nichts vom Kapital, aber an Sorgen hatte es ihm doch nicht gefehlt, namentlich, wenn er nachts bei kranken Kühen oder Pferden sitzen mußte, oder unter den Schafen die Drehkrankheit ausgebrochen war – und dann die sonderbaren Menschen, mit denen er immer zu thun hatte.

Der Inspektor war treu wie Gold, aber ein eigensinniger alter Mann, der verlangte, daß alles nach seinem Kopfe gehen solle. Seine Frau quälte Sabine furchtbar mit ihrem Aberglauben. Sie hörte immer den Totenwurm, sah böse Vorzeichen und erwartete stets ein Unglück, Eines Abends, wo Augustus mit Mr. Jolly in Geschäften in London und Sabine allein war, kam sie ins Haus gestürzt und bat ihre Herrin, sich auf das jüngste Gericht vorzubereiten, denn es sei ein Komet mit der Erde zusammengestoßen, und das Ende der Welt stehe bevor; dann bekam sie eine Art Starrkrampf, und mein armes

Kind mußte die ganze Nacht bei ihr sitzen, ihr die Hände reiben und Branntwein geben, während der Knecht hinritt und den Doktor holte.

Auch der Knecht war eine schwere Prüfung für Sabine, die ein so empfindsames Herz hatte. Er liebte die Köchin, die aber gar nichts von ihm wissen wollte. Deshalb ging er immer mit thränenden Augen umher und stieß herzbrechende Seufzer aus. Es wäre ganz angreifend gewesen, erzählte Sabine, immer einen Menschen mit gebrochenem Herzen um sich zu haben, und sie sprach mit der Köchin und redete ihr zu, ihn zu heiraten, aber diese wollte nicht. Schließlich gab Augustus dem armen Burschen für zwei Monate Lohn und bat ihn, sein gebrochenes Herz und seine Thränen anderswohin zu tragen, da es Mrs. Walkinshaw aufrege, denn es war grade eine Zeit, wo Augustus sehr viel daran lag, daß ihre Umgebung so sei, wie es in den Kakaoanzeigen immer heißt: »angenehm und beruhigend«.

Und was mein armes Kind von den Dienstboten auszuhalten hatte, das geht wirklich über die Hutschnur. Es fehlte ihr etwas an Festigkeit (sie glich darin ihrem Vater) und natürlich an Erfahrung. Die Köchin und das Hausmädchen waren aus dem Ort und schwärmten für die Londoner Mode, und sehr bald, nachdem Sabine zu Hause angelangt war, fingen sie an, ihre Kleider, Mäntel und Hüte nachzumachen, so gut sie konnten. Am ersten Sonntag sah Sabine, wie der Knecht mit ihnen in einem leichten Leiterwägelchen zur Kirche fuhr, bei welcher Gelegenheit zu ihrem Entsetzen beide Hüte auf hatten, die eine genaue Nachbildung des ihren waren, soweit die ortsansäßige Putzmacherin (fünf Meilen entfernt) im stande gewesen war, eine fertigzubringen.

Das konnte Sabine natürlich nicht dulden und sagte es ihnen, und von da an gab sie jeden Sonntag acht, wenn sie wegfuhren, und freute sich, als sie bemerkte, daß sie einfache, bescheidene und für Dienstboten passende Hüte trugen.

Eines Sonntags nachmittags, als sie bereits fortwaren, sagte Augustus: »Laß uns heute nachmittag auch in die Kirche fahren.« Seine Frau war damit einverstanden; er ließ anspannen und sie fuhren ab. Und siehe da! Als Sabine in die Kirche trat, sah sie, daß Köchin und Hausmädchen es sich ganz unverfroren im Stande ihrer Herrschaft bequem gemacht (der Knecht saß flennend draußen auf einem Grabstein) und Hüte auf hatten, die dem Sabines aufs Haar glichen!

Am Nachmittag hatte sie sie mit eigenen Augen in ganz einfachen Hüten abfahren sehen, und nun saßen sie da, aufgedonnert wie die Puten. Aber das Rätsel sollte gelöst werden.

Am Abend nahm sie die Mädchen vor und kam so dahinter, wie die Sache zusammenhing. Was meint ihr wohl, wie es die geriebenen Frauenzimmer anfingen? Jeden Sonntag morgen, noch ehe Sabine aufgestanden war, gingen sie aus und versteckten ihre besten Hüte in einer Hecke an der Straße, setzten sie auf dem Hinweg zur Kirche auf und tauschten sie auf dem Rückwege wieder um. Und das sind eure einfachen Mädchen vom Lande!

Ein andrer Grund zur Aufregung war der Ortsmetzger, dem Augustus viel Vieh verkaufte. Er war ein sehr achtbarer Mann, aber er hatte einmal gesehen, wie ein Mensch in einem Streit umgebracht worden war, und das hatte ein eigentümliches Nervenleiden bei ihm hervorgerufen. Wenn er ganz ruhig über die Preise mit Augustus verhandelte, fuhr er plötzlich zusammen, zitterte am ganzen Leibe und schrie: »Haltet ihn, er hat Blut an den Händen. Haltet ihn!« Und dann mußte Sabine fortstürzen und Branntwein holen, während Augustus ihn auf und ab führte und mit jedem Preise zufrieden war. Ueberwerfen durfte er sich nicht mit ihm, denn er war der beste Kunde und der einzige Schweinekäufer in der Gegend.

Ich glaube, der volle Becher wurde durch einen furchtbaren Schreck, den sie eines Abends hatte, zum Ueberlaufen gebracht. Augustus war in der Stadt und wurde erst am folgenden Tage zurückerwartet. Eine große Furcht hatte meine Tochter stets auf dem Galgenhofe gequält, und das war die Angst vor Dieben. Sie hatten all ihr Silberzeug und ihre Schmucksachen im Hause, und das Gut war gänzlich unbeschützt, da die Arbeiter alle in einiger Entfernung wohnten.

Kaum war sie in jener Nacht zu Bett gegangen, als sie Geräusch unten hörte, und gleich darauf kamen die Dienstboten hereingestürzt, »Ach, Madame,« riefen sie, »es sind Einbrecher im Hause, und wir werden alle umgebracht werden,« und fingen an zu heulen, Sabine war erschrocken, denn der Lärm klang gerade so, als ob

Männer in großen Stiefeln unten umhergingen. Aber sie nahm allen ihren Mut zusammen, holte sich Augustus' Flinte und ging hinunter. An der Thür aber blieb sie stehen, denn es kam ein großer Krach. Sie sank ohnmächtig zusammen, die Flinte ging los, und die ganze Ladung fuhr ins Zifferblatt der alten Großvateruhr, die im Flur stand, und zerschmetterte es vollständig. Als sie wieder zu sich kam, stand der thränenreiche Knecht vor ihr und hatte die bewußtlose Köchin im Arme, und das Hausmädchen plapperte wie blödsinnig.

Der Knecht hatte die Ursache des Lärms entdeckt, aber nichts gesagt, weil er die Köchin noch etwas im Arme behalten wollte.

Es war der Pony, der sich infolge einer Nachlässigkeit eines der Leute losgerissen hatte, in den neben der Küche befindlichen Werkzeugschuppen geraten war und dort mit seinen Hufen in den Geräten herumwirtschaftete.

Nachdem Augustus junior geboren war, konnte das natürlich nicht so weiter gehen, und deshalb wurde das Gut verkauft, und jetzt habe ich sie in meiner Nähe und kann sie sehen, wann ich will, was eine große Annehmlichkeit für mich ist.

Die Annehmlichkeit, meinen ältesten Sohn John ebenso nahe zu haben, ist nicht ganz so groß, denn seine arme Frau schickt immer nach mir, um mich zu fragen, was sie mit ihm anfangen soll. Er ist wirklich eine schwere Prüfung, und ich sage immer, es muß etwas bei ihm nicht richtig sein, denn er benimmt sich zu sonderbar. Erst vor wenigen Tagen erhielt ich ein Briefchen von der lieben Lottie!

»Liebe Mutter! Bitte, komm sofort, John macht sein Testament, rennt umher, kniet nieder, beißt in die Stühle und sagt, seine Leber sei nicht in Ordnung.«

Allein ich werde meinem ältesten Sohne und seiner armen, ihr Kreuz geduldig tragenden Frau eine besondere Erinnerung widmen müssen.

Sechste Erinnerung.

Einige meiner Sorgen.

Ich glaube wirklich nicht, daß es noch eine Frau gibt, die beständig so geplagt wird, wie ich. Nicht nur die Last meines eigenen Haushalts liegt auf meinen Schultern, sondern ich muß mich auch noch fortwährend um meine verheirateten Söhne und Töchter sorgen. Mein Mann behauptet zwar, es sei ganz unnötig, und ich ärgerte mir umsonst die Gelbsucht an den Hals (um ein Pröbchen seiner seinen Ausdrucksweise zu geben).

Die Dinge so leicht zu nehmen, ist ja recht schön; ich kann das aber nicht. Ich glaube, John Tressider wäre noch nicht einmal aus seiner Gelassenheit zu bringen, wenn das Haus in Flammen stände, und es ist ein wahres Wunder, daß bei seiner schrecklichen Gewohnheit, bis spät in die Nacht unten zu sitzen, die Times zu lesen und dann halb im Schlaf zu Bett zu gehen und immer wieder und wieder das Gas brennen zu lassen, nicht schon ein Unglück geschehen ist.

Ich habe es versucht, meine Töchter aus meiner Erfahrung Nutzen ziehen zu lassen, und sie ganz besonders gegen die schlimme Schwäche gewarnt, ihren Männern zu erlauben, wenn schon alle andern zu Bett gegangen sind, noch aufzubleiben, zu rauchen, zu lesen und das Gas nach Gutdünken zu behandeln.

Meinem Manne habe ich wieder und wieder Vorstellungen gemacht, allein er besteht darauf, daß ihm die Times, sein Glas Whiskey und Wasser nochmal so gut schmeckten, wenn alle andern zu Bett gegangen wären. Warum kann er die Times nicht wie andre vernünftige Männer morgens lesen, oder im Geschäft, statt bis spät in die Nacht zu sitzen, das Feuer ausgehen zu lassen und dann kalt wie ein Frosch zu Bett zu kommen?

Aber so ist es immer gewesen. Nichts kann ihn bewegen, zu einer christlichen Stunde schlafen zu gehen. Als die Kinder noch klein waren, verbrachte er den ganzen Abend mit ihnen, und da hatte er allenfalls eine Entschuldigung, wenn er nachher eine ruhige Stunde verlangte.

Er pflegte die Kinder bis spät aufbleiben zu lassen, und mein Reden dagegen half gar nichts, wenn ich auch zehnmal mein nervöses Kopfweh hatte und mich in mein Zimmer flüchten mußte, um dem schauderhaften Lärm zu entgehen, den sie bei dem gräßlichen Spiele vollführten, das sie »Kriegen« nannten, wobei Stühle und Tische umgeworfen wurden und er der Ausgelassenste von allen war.

Es ist ja natürlich sehr hübsch, wenn ein Vater nach seiner Rückkehr aus dem Geschäft mit seinen Kindern spielt, aber wenn ihrer sieben zusammen toben und ein schwerer Mann auf allen Vieren herumkriecht und Bär vorstellt, dann könnt ihr euch denken, was für einen Höllenlärm das gibt.

Ein so ausgezeichneter Vater mein Mann in vieler Hinsicht auch sein mag – und die Gerechtigkeit muß ich ihm widerfahren lassen – ist er doch sehr unverständig. Ich habe ihn nie mit den Kindern allein gelassen, ohne daß etwas schief ging.

In meinem ganzen Leben werde ich den Schreck nicht vergessen, den ich eines Morgens bekam, als das Kindermädchen – wir hielten uns gerade an der See auf – die kleine Jane, die damals erst fünf Jahre alt war, hereinbrachte. Ihr Kopf war zur Größe eines Kürbis angeschwollen.

»Um Gottes willen, Polly,« rief ich aus, »was fehlt denn dem Kinde?«

»Ich weiß nicht, Madame,« antwortete sie, »aber der Herr hat sie gestern über eine Stunde im Meer herumpantschen lassen; sie wird wohl Wasser ins Hirn gekriegt haben.«

Natürlich schickte ich sofort zum Arzt – mein Mann war nach der Stadt gefahren – und als der Doktor kam, sagte er, das Plätschern im Wasser sei ohne Zweifel die Ursache, und es wäre ein Wunder, daß das Kind nicht die Kopfrose bekommen habe. Nun bitte ich einen! Ein Vater erlaubt seinem Kinde, die Füße eine Stunde lang im kalten Wasser zu haben, ohne ihm den Kopf naß zu machen! Ist das nicht, um den Verstand zu verlieren?

Ich sage immer, daß mein ältester Sohn nicht für seine wilden Streiche verantwortlich gemacht werden kann, denn sie sind wahrscheinlich seines Vaters Schuld. Als John ein kleiner Junge war, machte sein Vater immer Kunststücke mit ihm. Das Kind mußte sich bücken und den Kopf zwischen den ausgespreizten Beinen hindurchstecken. Dann ergriff ihn sein Vater bei den Händen und ließ ihn einen Purzelbaum schlagen, und seither ist es, glaube ich, mit Johns Kopfe nicht ganz richtig. Es geht gegen die Natur eines Kindes, wenn es immer kopfüber, kopfunter gedreht wird; das muß ja das geistige Gleichgewicht stören.

Wenn ich manchmal daran denke, was für Schrecken ich durch meines Mannes Unverstand gehabt habe, dann kann ich mich nur wundern, daß meine Nerven nicht noch mehr zerrüttet sind. Ich konnte ihm aber nie ernste Vorwürfe machen, denn er war immer ebenso unglücklich als ich, und viel hilfloser.

Ich werde nie den Tag vergessen, wo er in mein Zimmer kam, als ich gerade beim Ankleiden war, denn ich hatte meines Kopfwehs wegen im Bett gefrühstückt. Sein Gesicht war geisterbleich, er sank auf einen Stuhl und rief mit Grabesstimme: »Ich – ich – fürchte, Sabine hat einen Pfennig verschluckt!«

»Wo ist sie?« schrie ich, in die Höhe fahrend.

»Ich habe sie in der Kinderstube gelassen; sie ist ganz schwarz im Gesicht, und ich habe sie auf den Kopf gestellt und geschüttelt, aber ohne Erfolg. Lieber Himmel! Was soll ich anfangen?«

Weiter brauchte ich nichts zu hören. Im Augenblick war ich oben, und da fand ich mein armes Lämmchen fast erstickt (sie war damals erst vier Jahr alt), und die Gans von Kindermädchen, der die Augen beinahe aus dem Kopfe traten, klopfte sie in den Rücken und schrie: »Spuck's doch aus, mein Herzchen, spuck's doch aus, oder du mußt sterben.«

Ich riß ihr das Kind aus den Händen, aber ich war so erschreckt, als ich es würgen und husten sah, daß ich meine sonstige Geistesgegenwart einen Augenblick verlor und an allen Gliedern zitterte.

»Wie ist denn das zugegangen?« fragte ich atemlos.

»O, ich hab's nicht gethan, Madame – es war der Herr. Er hat ihr einen Pfennig gegeben, sie hat ihn in den Mund gesteckt, und er ließ sie auf seinen Knieen reiten und machte ›so hoppelt der Bauer‹ mit ihr, und dabei muß sie den Pfennig verschluckt haben.«

Stellt euch das nur 'mal vor. Ein Familienvater macht mit seinem Kind »so hoppelt der Bauer« mit einem Pfennig im Munde!

Es war Sonntag Morgen und die Leute gingen gerade in die Kirche, aber daran dachte ich nicht. Ich wußte weiter nichts, als daß mein Kind einen Pfennig im Halse stecken hatte, und ich fürchtete, wenn sie ihn verschluckte, dann käme Grünspan in ihr liebes Mägelchen, und Grünspan ist doch Gift. Ohne mich lange zu besinnen, rannte ich, so wie ich war, im losen Schlafrock und mit offenem Haar mit dem armen Mäuschen die Treppe hinab und flog über die Straße und um die Ecke, wo unser Doktor wohnte.

Die Nachbarn haben mich wohl für verrückt gehalten. Einige blieben mit ihren Gesangbüchern unter dem Arme wie versteinert stehen und sahen mir nach, aber ich mußte sie denken lassen, was sie Lust hatten, denn ich konnte doch nicht jedermann im Vorbeirennen zurufen: »Mein Kind hat einen Pfennig verschluckt!«

Alles das und wie ich ausgesehen haben muß, fiel mir erst später ein, aber damals dachte ich an weiter nichts als an mein armes Kind.

An der Gartenthür des Doktors riß ich beinahe die Klingel ab, und dann stürmte ich die Treppe hinauf und rappelte mit dem Klopfer, daß die Leute, die nicht in die Kirche gegangen waren, die Fenster aufrissen und die Köpfe herausstreckten. Der Bediente kam auch gleich, ich rannte durch den Hausflur und stürzte so außer Atem ins Sprechzimmer des Doktors, daß ich nur ächzen konnte: »Pfennig – Hals – rasch!«

Der Doktor nahm das Kind, das furchtbar schrie, untersuchte den Hals und sagte: »Ich sehe nichts.«

»Dann hat sie ihn schon verschluckt,« antwortete ich, »O, Herr Doktor, was soll ich anfangen? Mein armes Kind ist vergiftet – es wird an Grünspan sterben! Retten Sie mein Kind!«

Ich weiß nicht, was aus mir geworden wäre, denn ich hatte das Gefühl, als ob ich den Verstand verlieren sollte, aber in diesem Augenblick wurde wieder laut an der Hausthür geklopft und ich hörte, wie mein Mann nach mir fragte. Gleich darauf trat er ins Zimmer.

»Beruhige dich, es ist alles in Ordnung, meine Liebe,« rief er, »wir haben den Pfennig gefunden.«

»Was?« entgegnete ich, »das Kind hat ihn gar nicht verschluckt? Und du hast mich in diesem Aufzug –« und dann fiel ich erschöpft aufs Sofa, bekam Weinkrämpfe, und es dauerte eine Viertelstunde, bis ich mich soweit erholt hatte, daß ich nach Hause gehen konnte.

Der Doktor ließ uns eine Droschke holen, denn als die Aufregung vorüber war, konnte ich doch nicht im Schlafrock, bloßem Kopf und auf dem Rücken hängendem Haar über die Straße gehen, und in der Droschke habe ich meinem Manne dann gehörig die Meinung gesagt. So 'ne Idee! Jagt mir einen so wahnsinnigen Schreck ein und macht mir Angst, mein Kind hätte einen Pfennig verschluckt, und ich renne am Sonntag im bloßen Kopfe durch die Straßen, und alles für nichts und wieder nichts!

Als ich gegangen war, hatte das Kindermädchen den Pfennig auf dem Fußboden gefunden. Er war augenscheinlich ins Kleid des Kindes und nicht seine Kehle hinuntergeglitten und zu Boden gefallen, als mein Mann es auf den Kopf gestellt hatte, aber in seinem Schreck hatte er das nicht bemerkt, sondern geglaubt, es habe ihn verschluckt. Kein Wunder, daß das arme Wurm nach einer solchen Behandlung und nachdem es vom Kindermädchen so heftig in den Rücken gepufft worden war, schrie. Das sind einige Proben von den Dingen, womit ich mich in den ersten Jahren meiner Ehe abfinden mußte, und das einzige Wunder ist, daß sie mich nicht zu einem galligen, unleidlichen Frauenzimmer gemacht haben.

Solange die Kinder jung waren, hörten die Sorgen und die Unruhe nicht auf, denn wenn sie nicht die Masern oder den Keuchhusten oder eine andre Kinderkrankheit hatten, dann kriegten sie Fischgräten in den Hals, oder stießen und schlugen sich die Kniee auf, und John (mein Sohn, nicht mein Mann), nicht zufrieden damit, sich von allem anstecken zu lassen, was überhaupt ansteckend ist – was der Junge für eine Ansteckungsfähigkeit besaß, ist wirklich kaum zu glauben; es brauchte nur ein Fall von Masern in der Zeitung zu stehen und diese dem Jungen zufällig in die Hände zu geraten, und richtig, er kriegte die Masern – brachte es wirklich fertig, sich zu verlieren, während er mit dem Kindermädchen, das sein kleines Schwesterchen im Wagen fuhr, aus war. Als das Mädchen nach Hause kam und mir sagte, es sei stehen geblieben, um sich ein Schaufenster anzusehen, und als es sich wieder umgedreht habe, sei der Junge verschwunden gewesen – er war damals etwa sechs – da war es ein Wunder, daß ich der Gans nicht ein paar gab.

Natürlich hatte ich furchtbare Angst, wie jede Mutter gehabt hätte, deren Kind in den Straßen von London verloren ist, denn die Zeitungen waren voll von Fällen, wo liebe kleine Kinderchen, durch Süßigkeiten in abgelegene Straßen gelockt, dort ihrer hübschen Kleider beraubt und an deren Stelle mit schmierigen Lumpen bekleidet worden waren, und ich war fest überzeugt, daß mein Junge gestohlen sei und zum Seiltänzer oder Clown erzogen werde.

Zuerst war ich wütend, ich konnte nicht anders; als aber eine Stunde vergangen war, ohne daß der Junge heimgekommen wäre, und die Nacht anbrach, da schickte ich sämtliche Dienstboten aus und ließ in allen Läden fragen und eine Beschreibung von ihm auf der Polizei abgeben, und ich konnte weiter nichts thun, als im Hausflur auf und ab gehen, die Hände ringen und von Zeit zu Zeit vor die Thür treten und die Straße hinauf und hinab sehen, ob ich nicht eine Spur meines Jungen entdecken könne.

Um sieben Uhr abends wurde er von einem Schutzmann gebracht. Er war weinend am Triumphbogen gefunden und nach der nächsten Polizeiwache geführt worden, und ich war so überglücklich, daß ich dem Schutzmanne fünf Schillinge gab und John für sein Weglaufen und weil er mich so furchtbar geängstigt hatte, ordentlich durchwichste.

Eine Mutter, die alles das durchgemacht hat, kann doch wohl erwarten, daß ihr ihre Kinder, wenn sie aufgewachsen sind, ein Trost und eine Stütze werden und daß sie ihre Tage in Frieden beschließen könne. Wie es mit andern Müttern ist, weiß ich nicht. Manche mögen glücklicher gewesen sein als ich; ich weiß nur, daß ich mir jetzt, wo meine Kinder verheiratet und versorgt (unversorgt wäre richtiger) sind, nicht nur über sie, sondern auch über ihre Männer und Frauen Sorgen mache. Die Sorgen einer Mutter sind schlimm genug, aber die einer Schwiegermutter – ich glaube alles Ernstes, sie sind noch schlimmer; denn wenn sie sich melden, ist man nicht mehr so jung, so kräftig und so hoffnungsvoll, und dann kommen die Enkel, die auch nicht ohne sind. Sie sind eine doppelte Sorge; stößt ihnen etwas zu, dann trägt man außer den eigenen auch noch die Sorgen ihrer Väter und Mütter mit, und das ist nur natürlich.

Meine Bedrängnisse scheinen gar kein Ende nehmen zu sollen; kaum habe ich mich über meiner ältesten Tochter kleinen Jungen beruhigt, der seine arme Mutter beinahe zu Tode geängstigt hat, weil ihm Wasser ins Hirn getreten war, so kriegt meiner zweiten Tochter kleines Mädchen die Masern, und man weiß ja nie, was sie zurücklassen, und wenn sie, Gott sei Dank, gar nichts zurücklassen, und ich schon anfange, aufzuatmen, dann ist mein zweiter Sohn William wieder in Angst und Not über seinen kleinen Jungen, den ein nachlässiges Mädchen aus dem Kinderwagen auf den Kopf hat fallen lassen, so daß der Arzt befürchtet, es könne ein dauernder Schaden für die geistigen Fähigkeiten des Kindes zurückbleiben. Die dumme Person! Statt vor ihre Füße zu sehen, reckt sie die Nase in die Luft und rennt mit dem Kinderwagen gegen einen Laternenpfahl!

Gott sei Dank! Die Kinder sind wieder alle wohl, und soweit ist alles mit ihnen in Ordnung, aber man weiß nie, was kommen kann, und ich öffne meine Briefe stets mit Furcht und Zittern.

Der Brief, den die liebe Lottie mir schrieb, worin sie mich bat, doch gleich zu ihr zu kommen, weil John sich in so ungewöhnlicher Weise benehme, ist eine Probe dessen, was ich zu ertragen habe.

Ich habe schon davon erzählt, welche Sorgen mir John durch sein excentrisches Wesen gemacht habe, und weil er in seines Vaters Geschäft nicht gut thun wollte, sondern Schriftsteller wurde, aber von seiner Verheiratung habe ich noch nichts mitgeteilt.

Die erste Ahnung, daß er verliebt sei, erhielt ich durch die Photographie seiner »ihn liebenden Lottie«, die ich in seinem Zimmer fand.

Als er an jenem Abend nach Hause kam, war ich schon zu Bett gegangen, aber am nächsten Morgen nahm ich ihn vor.

»John,« sagte ich, »ich war gestern abend in deiner Stube und habe dort eine Photographie gefunden. Wer ist denn die junge Dame?«

Er wurde ein bißchen rot und lachte verlegen.

»O, das ist ein Geheimnis, Mutter,« sagte er, »du darfst nicht neugierig sein.«

Neugierig sei ich durchaus nicht, entgegnete ich, aber ich meinte, daß es ein Geheimnis wegen einer »ihn liebenden Lottie« nicht geben dürfe. Dann bat ich ihn, ernsthaft zu sein, und gab ihm etwas mütterlichen Rat über Damenbekanntschaften, wobei ich besonderen Nachdruck darauf legte, daß sich kein Mann, der ein Mädchen aufrichtig achte, zu schämen brauche, mit seiner Mutter über sie zu sprechen.

Aber John wollte nicht ernsthaft sein, sondern brachte das Gespräch auf andre Dinge. Er konnte es nie vertragen, wenn man ernst mit ihm sprach oder ihm raten wollte. Der arme Junge! Es wäre besser für ihn gewesen, wenn er gelernt hätte, seine Empfindlichkeit in dieser Hinsicht zu bekämpfen, und es war doch nur natürlich, daß ich mich um seine Wohlfahrt sorgte.

Ich wäre auf die Sache zurückgekommen, denn wie mein Mann bezeugen kann, bin ich nicht die Frau, die sich so leicht ablenken läßt, wenn sie sich einmal vorgenommen hat, etwas herauszubringen, aber unglücklicherweise geriet John, obgleich sein Vater seine Schulden sehr großmütig bezahlt hatte, abermals in die Klemme. Er hatte wieder Schulden gemacht, die Gläubiger kamen ins Haus und belästigten ihn, und eines Tages verursachte er mir einen großen Schreck, indem er mir sagte, er wolle sich möblierte Zimmer mieten und allein wohnen.

Wenn es irgend etwas in der Welt gibt, wogegen ich ein gewisses Vorurteil habe, dann sind's möblierte Zimmer für junge Herren. Ich halte es nicht für gut, wenn junge Leute sich der Einwirkung der Familie früher entziehen, als bis sie sich einen eigenen Herd gründen wollen, wo der Einfluß der Frau den der Mutter und Schwestern ersetzt. Ich war deshalb sehr unglücklich darüber, aber was konnte ich machen? John war mündig, und wenn es ihm beliebte, zu gehen, konnte niemand ihn halten. Er gab vor, er müsse aus Gründen, die mit seiner schriftstellerischen Thätigkeit zusammenhingen, eine eigene Wohnung haben, und trotz allem, was ich einwandte, ging er – es war ein harter Schlag für mich – und mietete sich möblierte Zimmer am andern Ufer der Themse in Camberwell.

Er besuchte uns ziemlich häufig und sprach sehr zuversichtlich von seiner Zukunft, und es ist auch richtig, er hatte eine feste Anstellung bei der Redaktion einer Wochenzeitung und arbeitete auch für verschiedene Blätter in der Provinz, so daß er gar keinen schlechten Verdienst hatte.

Dafür mußte man ja dankbar sein, und ich machte mir wirklich nicht mehr viel Sorgen um ihn. Die Photographie und seine ihn liebende Lottie hatte ich fast vergessen, als ich eines Tages einen Brief von ihm erhielt, den ich erschrocken zu Boden fallen ließ, nachdem ich ihn gelesen hatte, und alles, was ich sagen konnte, war: »Allmächtiger Gott!«

In Anbetracht des Inhalts war der Brief sehr kurz, aber er war ganz John.

»Liebe Mutter! Du wirst überrascht sein, zu hören, daß ich verheiratet bin. Meine Frau wird Dir gefallen, das weiß ich bestimmt, und deshalb möchte ich sie Dir vorstellen. Dem Alten brauchst Du vorläufig noch nichts zu sagen, sondern warte lieber, bis Du sie Dir angesehen hast. Ich möchte Lottie allmählich mit der Familie bekannt machen; sie ist ein bißchen schüchtern und fürchtet, Ihr würdet sie alle nicht leiden können, deshalb möchte ich Euch nicht alle auf einmal auf sie loslassen. Willst Du nächsten Samstagabend um sechs bei uns essen? Setze Dein freundlichstes Lächeln auf, als die liebe alte Mutter, die Du bist, denn Lottie macht sich große Sorgen, daß Ihr die Nachricht übel aufnehmen werdet, und ich möchte ihr doch gern zeigen, was für eine prächtige, gütige, liebe Sorte Schwiegermutter sie bekommen hat.

Dein Dich treu liebender Sohn

John.«

Als ich mich von meiner Ueberraschung erholt hatte, war mein erstes Gefühl Aerger. Wie in aller Welt kam John dazu, sich zu verheiraten, ohne einer Menschenseele ein Wort davon zu sagen? Das war ja lächerlich, unsinnig, und wie konnte sich das Mädchen zu so etwas überreden lassen, und wie kamen ihre Angehörigen dazu, ihre Einwilligung zu einer solchen heimlichen Heirat zu geben, und was sollte die ganze Geschichte eigentlich heißen?

Je mehr ich mir die Sache überlegte, um so besorgter wurde ich, daß John einen sehr dummen Streich begangen und sich mit einem

Mädchen verheiratet habe, das der Familie wahrscheinlich keine Ehre machen werde. Junge Männer sind manchmal sehr thöricht. Sie lassen sich von einem hübschen Gesicht fangen und stecken den Kopf in eine Schlinge, die sie ihr ganzes späteres Leben nicht wieder los werden.

Indessen das Unglück – wenn es eins war – ließ sich nicht ungeschehen machen, und alles, was ich thun konnte, war abwarten. Aber ich war sehr froh, als der Sonnabend endlich kam, denn nun würde die Ungewißheit enden und ich das Schlimmste – oder das Beste erfahren.

Zunächst war es ein etwas peinliches Zusammentreffen, aber das dauerte nicht lange. Frauen erkennen einander auf den ersten Blick, und ein Blick auf meine neue Schwiegertochter reichte hin, mir zu zeigen, daß Johns Glück in guten Händen liege. Nachdem sie ihre anfängliche Schüchternheit überwunden hatte, wurden wir sehr rasch Freunde, und ich konnte sehen, daß John über den guten Eindruck, den seine Frau offenbar auf mich machte, sehr glücklich war.

Lottie war groß und anmutig, und was mir am besten an ihr gefiel, sie schien sehr häuslich und eine tüchtige Wirtschafterin zu sein. Ohne allzu unverhohlene Neugier zu verraten, gelang es mir doch, alles über sie in Erfahrung zu bringen, was ich wissen wollte. John hatte sie im Hause einer seiner schriftstellerischen Freunde kennen gelernt, und dort hatten sie auch Neigung zu einander gefaßt. Sie war eine Waise und hatte bei einem Onkel und einer Tante gelebt, war aber nicht glücklich bei ihnen gewesen, und das war vielleicht der Grund, weshalb sie in eine heimliche Trauung gewilligt hatte. Jedenfalls waren sie verheiratet und glücklich, das konnte ich sehen.

John war den ganzen Abend in der besten Laune, und ehe ich fortging, beruhigte er mich wegen seiner Stellung, denn nun, da er verheiratet war, lag mir daran, zu wissen, daß er keine Geldsorgen hatte. Nichts ist so bedrohlich für das häusliche Glück, als unbezahlte Metzgerrechnungen.

Er erzählte mir von verschiedenen Stellungen, die ihm angeboten waren, namentlich von einer besonders vorteilhaften, und bewies mir, daß sein Einkommen hinreichte, eine Familie anständig zu erhalten, selbst wenn sein Vater ihm keinen Zuschuß geben sollte, und so ging ich sehr zufriedenen Gemüts nach Hause, glücklich über den Gedanken, daß meines ältesten Sohnes Los sich so günstig gewendet und daß sich seine ihn liebende Lottie schließlich als ein so nettes, verständiges, häusliches Mädchen herausgestellt hatte, das für ihn sorgen und sein Heim behaglich machen würde.

John hatte es mir überlassen, die Neuigkeit den andern Familiengliedern schonend beizubringen, und das that ich auch, wobei ich seinen Schwestern versicherte, die neue Schwägerin werde ihnen sehr gut gefallen. Mr. Tressider nahm die Mitteilung sehr ruhig hin. Ich habe überhaupt nie einen Menschen gesehen, der die überraschendsten Nachrichten so ruhig hingenommen hätte.

Als ich nach Hause kam, ging ich gleich hinunter in seine Stube und fand ihn wie gewöhnlich rauchend und die »Times« lesend. Ich glaube, er hält es für seine Pflicht, jeden Abend die Times zu lesen, und meint, wenn er es einmal versäume, dann würde das Britische Reich aus den Fugen gehen.

»John,« sagte ich, »sei so gut und leg die Zeitung 'mal hin und hör mich an.«

Er sah mich einen Augenblick an, legte aber die Times nicht aus der Hand.

»Sprich nur,« antwortete er, »ich höre.«

Ich erhob mich, nahm ihm die Zeitung ruhig weg und legte sie auf den Tisch.

»Du wirst doch 'mal einen Augenblick ohne die Zeitung fertig werden können, sollte ich meinen,« versetzte ich. »Du kannst deiner Frau und deiner Zeitung nicht gleichzeitig die gehörige Aufmerksamkeit widmen.«

Er sah mich in seiner verständnislosen, halb stumpfsinnigen Art an, die mich immer ganz besonders aufbringt, aber ich wollte mich nicht reizen lassen, weil ich mich bei einer solchen Gelegenheit, wie die Eröffnung der Verheiratung seines ältesten Sohnes, nicht zanken mochte.

»John ist verheiratet,« sagte ich also ganz ruhig.

Ich erwartete, daß er auffahren oder ein bißchen Ueberraschung verraten werde; er zog aber nur die Augenbrauen in die Höhe und sagte: »So?«

»Ich bin bei ihm gewesen, und seine Frau ist ganz allerliebst.«

Mr. Tressider nahm die Pfeife aus dem Munde, sah, daß sie erloschen war, stopfte sie und zündete sie wieder an und stieß drei oder vier dicke Dampfwolken aus.

»Hm!« machte er dabei.

Nun wurde ich aber wirklich ärgerlich.

»John Tressider,« sprach ich, »wenn dies das ganze Interesse ist, das du an deines ältesten Sohnes Verheiratung nimmst, dann solltest du dich was schämen. Wenn du deine Pflicht als Vater gethan hättest – – –«

Ich hatte keine Zeit, meinen Satz zu vollenden, denn in diesem Augenblick trat der Bediente ein und brachte Mr. Tressiders Schlafstubenlicht, das auf meine Anordnung stets auf seinen Tisch gestellt wurde, damit das Gas auf der Treppe ausgedreht werden konnte und nicht seinem Unverstand überlassen zu werden brauchte.

Als der Bediente gegangen war, nahm mein Mann die Zeitung wieder auf und suchte die Stelle, wo er unterbrochen worden war.

»Ich bin froh, daß du sie nett findest,« sagte er, »und ich freue mich, daß er verheiratet ist; das wird ihn vielleicht solid machen. Ich bin der Ansicht, daß es ganz verständig von ihm ist.«

»Daß er sich heimlich verheiratet hat? Du billigst doch solche Heiraten nicht?«

»Nun, sie ersparen einem viel Unruhe, nicht wahr? Es gibt kein Hochzeitsfrühstück, keine Reden zu halten, keine Kosten, keinen albernen Unsinn. Wenn ich 'mal wieder heirate, dann – – –«

Das war mehr, als ich ruhig mit anhören konnte.

»Du wirst doch hoffentlich so anständig sein, zu warten, bis ich tot bin,« entgegnete ich ärgerlich, marschierte aus dem Zimmer und schmetterte die Thür hinter mir ins Schloß.

Er hatte es nicht schlimm gemeint, wie er nachher erklärte, aber ich habe nie einen Mann gekannt, der einen so mit Ueberlegung und Ruhe reizen konnte, wie John Tressider, wenn er's darauf anlegte.

John artet in dieser Hinsicht seinem Vater nach. Auch er kann einen reizen, aber nicht mit Ruhe und Ueberlegung. Er kann sich nicht beherrschen und bringt einen wohl zur Verzweiflung, aber ohne es zu wollen. Selbst die arme, liebe, sanfte Lottie. Aber ihr werdet ja sehen, wie er's trieb und was für dumme Geschichten er anstellte, als ich infolge von Lotties Brief eintraf.

Wie sie alles so ruhig hinnehmen kann, ist mir schleierhaft. Mein Mann sollte sich 'mal so was unterstehen. Ich bin eine langmütige Frau, aber – – –

Siebente Erinnerung.

Die Kartoffelklöße.

Als ich Johns Wohnung erreichte, erwartete ich nach Lotties Brief natürlich, ihn ernstlich krank zu finden, wenn ich mir auch keine großen Sorgen machte, da ich aus Erfahrung wußte, daß sein Jähzorn, so heftig er im Augenblick auch sein mochte, niemals lange anhielt.

Mein ältester Sohn John gehört zu den erregbaren Leuten, die in der einen Minute in gehobener, in der nächsten in niedergeschlagener Stimmung sind, und wenn sie sich in gehobener Stimmung befinden, dann kennt ihre Lustigkeit keine Grenzen ebenso wie ihre Niedergeschlagenheit, wenn das Gegenteil der Fall ist. Ich glaube, ich habe lieber mit derartigen Leuten zu thun, als mit den ruhigen, gelassenen, die, wenn ihnen was schief geht, brummig und schweigsam sind. Ein Mann thut in der Wut verdrehtes Zeug und spricht bittere, scharfe Worte, aber was er thut, ist nicht so unverzeihlich, und was er sagt, nicht so grausam als das, was die gehaltenen Leute thun, die immer Herren ihrer selbst sind und über das ihnen widerfahrene Unrecht in aller Ruhe nachgrübeln. Ich ziehe die Menschen vor, die sich von ihrer Stimmung fortreißen lassen; sie gefallen mir besser. Hätte Mr. Tressider nur ein bißchen mehr Reizbarkeit besessen, ich glaube, es wäre für uns alle besser gewesen.

Aber es gibt eine Grenze, über die hinaus auch Reizbarkeit unerträglich wird, und ich muß zugeben, daß mein Sohn John die Gewohnheit hatte, sich um der geringfügigsten Ursache willen so maßlosen Wutausbrüchen zu überlassen, daß man ihn zu Zeiten für verrückt halten konnte. Ich habe gesehen, wie er im Zimmer umhersprang und schrie und dann gegen die Thür trat oder mit aller Kraft gegen die Wände trommelte. Er behauptete stets, dieses gegen die Thüre Treten oder an die Wände Trommeln bringe ihm Erleichterung für seine mit Gewalt niedergehaltenen Gefühle, und wenn er nicht etwas Derartiges thäte, würde ihn der Schlag rühren.

Jetzt, wo er gegen seine eigene Thür tritt und auf seinen eigenen Wänden herumtrommelt, liegt mir nicht soviel daran. Als aber diese

Vorstellungen unter meinem Dache stattfanden, war ich sehr ärgerlich darüber, besonders an einem gewissen Tage. Damals trat er so wütend gegen die Thür meines kleinen Wohnzimmers, daß eine Füllung herausflog. Sein Fuß fuhr hindurch und traf eins von den Dienstmädchen, das augenscheinlich gehorcht hatte, obgleich es behauptete, es sei nur zufällig vorbeigegangen. Da es ein Theebrett trug – es wollte den Nachmittagsthee bringen – stieß John mit dem durch die Füllung gefahrenen Fuß gegen das Theebrett. Natürlich flog alles in die Luft und es gab eine nette Wirtschaft. Der Teppich auf dem Vorplatz war mit Thee und Milch getränkt, die Butterbrötchen lagen überall umher – und wie gewöhnlich mit der Butterseite nach unten.

Das Krachen der zertrümmerten Füllung, das Klirren des zerbrochenen Geschirrs und das Geschrei des erschrockenen Mädchens ernüchterten John ganz gewaltig, und ich glaube, er schämte sich von Herzen, aber ich hätte selbst vor Zorn schreien mögen, als ich meine zertrümmerte Thür und mein zerbrochenes Porzellan erblickte.

Ueber diesen peinlichen Vorfall wäre ich mit Stillschweigen hinweggegangen, aber wenn ich über meinen Sohn John die Wahrheit schreiben soll, dann ist es unbedingt notwendig, daß ich auch seine außerordentlichen Wutausbrüche erwähne. Zu Hause machten wir uns nicht viel daraus, da wir daran gewöhnt waren, denn diese Anfälle von Jähzorn waren seit seiner Kindheit ganz charakteristisch für ihn.

Da er niemals weder sich selbst, noch andern ernstlichen Schaden zufügte, nahmen wir die Sache leichter; ich habe ihm indessen doch häufig eindringliche Vorstellungen gemacht und ihn gebeten, sich mehr zu beherrschen, und auch sein Vater that alles, was er konnte, um ihn im Zaume zu halten.

Man wußte nie im voraus, wann ein Anfall kam. Irgend eine harmlose Bemerkung, eine Kleinigkeit ärgerte ihn, und dann arbeitete er sich nach und nach in die Wut. Ich entsinne mich, daß sein Vater eines Abends totenblaß aus dem Comptoir nach Hause kam und die Besorgnis aussprach, es würde noch damit enden, daß John jemand umbringe.

Sein Vater hatte, wie es scheint, etwas gesagt, was John verletzt oder auf irgend eine Weise gereizt hatte, worauf dieser plötzlich, ohne das geringste Vorzeichen im Comptoir umherzutanzen anfing; dann ergriff er die Feuerzange und schlug damit laut heulend auf einen kleinen Tisch los, und als dessen Platte in Stücke ging, schrie er: »So sollen alle meine Feinde verderben!« Darauf warf er die Feuerzange weg, stürzte sich auf den vor dem Kamin liegenden Teppich und riß mit den Zähnen ein großes Stück heraus, wobei er wie ein wildes Tier brüllte.

Dieser Vorfall ist mir so gut in der Erinnerung geblieben, weil es darüber zu einer Meinungsverschiedenheit mit meinem Manne kam. Er war nicht viel zu Hause und hatte nicht häufig Gelegenheit gehabt, Johns Anfälle zu sehen; deshalb war er jetzt ernstlich über dessen Geisteszustand beunruhigt.

»O, er ist ganz vernünftig,« entgegnete ich auf eine dahin zielende Bemerkung, »es ist nur sein ungezügelter Jähzorn.«

Ein Wort führte zum andern, und schließlich nahm sich mein Mann heraus, anzudeuten, daß John seine Heftigkeit von mir habe. Natürlich verbat ich mir derartige Anzüglichkeiten sehr entschieden und sprach meine Meinung offen aus, und da hatte er die Erbärmlichkeit, mich an etwas zu erinnern, was schon längst hätte vergessen sein müssen, denn es war zu einer Zeit vorgefallen, wo ich ernstlich krank und höchst nervös gewesen war. Und dann bin ich wirklich nicht die erste Frau, die im Aerger ihren Hut zerrissen hat, und es war nicht einmal ein neuer Hut oder einer, woran mir viel gelegen gewesen wäre, denn er stand mir schlecht. Das alles hatte ich bedacht, ehe ich ihn zerriß.

Ich war nicht gesonnen, mich mit einem vor zwanzig Jahren zerrissenen Hut aufziehen zu lassen, ganz besonders da er mit Johns Heftigkeit auch nicht das geringste zu thun hatte, und deshalb erinnerte ich Mr. Tressider an einen andern Vorfall, den zu vergessen er für bequem erachtete, und das war, wie der Vater einer gewissen Familie und das Haupt eines gewissen Hauses eines Tages sechs gekochte Kartoffelklöße beim Essen zum offenstehenden Fenster hinausgeworfen hatte, zur großen Ueberraschung der Vorübergehenden, worunter sich auch ein Schutzmann befand. Ich werde das Schafsgesicht des besagten Familienvaters nie vergessen, als der

Schutzmann klingelte und den Herrn des Hauses zu sprechen verlangte. Und als dieser herauskam, da stand der Schutzmann im Flur und hatte einen halben Kartoffelkloß in der Hand während die andre Hälfte ihm auf dem Backen saß und ein Auge bedeckte.

Es war ein ganz schmählicher Auftritt, aber so ärgerlich ich auch war, ich mußte doch lachen, als der arme Mensch, auf sein Gesicht zeigend und den Rest des Kloßes in der Hand haltend, sagte:»Hören Sie 'mal, Sie. Was soll denn das heißen? Das kam aus Ihrem Fenster.«

Der Schutzmann wurde in die Küche geführt und dort von den Resten des Kartoffelkloßes gereinigt; er erhielt einen Schnaps und fünf Schillinge, und als er sich entfernt hatte, ging das Hausmädchen mit Besen und Müllschippe auf die Straße und kehrte die dort umherliegenden Kartoffelklöße zusammen, aber es dauerte lange Zeit, ehe ich aufhörte, meinem Manne Vorstellungen wegen dieses unpassenden Benehmens zu machen. Es war zu lächerlich, noch dazu einer solchen Kleinigkeit wegen.

Jede Hausfrau wird mit mir übereinstimmen, daß die Speisezettelfrage die schwierigste und unangenehmste im ganzen Haushalt ist. Nichts ist so schwer, als immer Dinge auf den Tisch zu bringen, die die durch ihre Klubs und die Diners im Stadthaus und so weiter verwöhnten Männer zufrieden stellen. Mein Mann nun ißt Kartoffelklöße leidenschaftlich gern, aber ich konnte nicht jedesmal, wenn er zu Hause aß, Kartoffelklöße auf den Tisch bringen. Eines Tages, als wir Blancmanger und gekochtes Obst hatten, brummte er und sagte, Blancmanger sei ihm widerwärtig und er bekäme so gut wie nie Kartoffelklöße. »Nun gut,« entgegnete ich, »ich werde dafür sorgen, daß du nicht wieder Ursache zum Brummen findest,« und gab der Köchin Befehl, jedesmal, wenn Mr. Tressider zu Hause äße, Kartoffelklöße zu machen. Ich dachte, ich wollte ihm das Brummen schon vertreiben, und es gelang mir auch eine Zeitlang. Das erste Mal freute er sich über die Kartoffelklöße, das zweite Mal machte er große Augen, das dritte Mal runzelte er die Stirn, als sie hereingebracht wurden, und als ich sie ihm das vierte Mal vorsetzte, fragte er mich: »Kann ich dir einen geben?«

»Nein, danke,« versetzte ich, »ich esse nicht gern Kartoffelklöße.«

»Dann nehmen Sie sie weg,« befahl er dem Mädchen, und sie wurden unangerührt abgetragen.

Als aber das nächste Mal der Deckel von der Schüssel gehoben wurde und er die Kartoffelklöße sah, wurde er wütend.

»Wie lange willst du mich denn noch auf diese Weise beleidigen?« fragte er.

»Dich beleidigen, lieber Mann?« entgegnete ich ruhig. »Ich dachte, du äßest Kartoffelklöße so gern, lieber, als irgend etwas andres.«

»Zum Henker mit deinen Kartoffelklößen!« antwortete er (das heißt, er sagte etwas andres als »Henker«), und dann riß er die Schüssel plötzlich an sich und warf einen Kartoffelkloß nach dem andern zum Fenster hinaus, das weit offen stand, weil es an jenem Abend sehr warm war.

»Da!« rief er, als sie alle an die Luft befördert waren. »Nun siehst du, wie gern ich Kartoffelklöße esse, und wenn du sie mir nochmal vorsetzest, geht's gerade so.«

Dann kam der Schutzmann, und der Leser kennt den Rest der Geschichte.

An dieses Benehmen erinnerte ich Mr. Tressider, als er die Kühnheit hatte, anzudeuten, daß John seine Heftigkeit von mir habe. Er schwieg sofort still; das thut er immer, wenn ich ihn an die Kartoffelklöße erinnere, aber ich habe ebensoviel Recht, seine Kartoffelklöße vorzubringen, wie er meinen Hut. Vielleicht wäre es besser gewesen, wenn wir beides unerwähnt gelassen hätten, denn da John damals noch Kittelchen trug, sind wahrscheinlich weder die Kartoffelklöße, noch der Hut auf die Entwickelung seines Gemütes von Einfluß gewesen.

Ihr werdet leicht begreifen, daß diese Dinge (nicht die Kartoffelklöße, sondern Johns jugendliche Leistungen in Hinsicht auf Wutanfälle) mir sehr viel Sorgen machten, als er heiratete und die Pflichten eines Familienvaters übernahm. Sein Glück lag mir am Herzen, aber ich wünschte auch, daß er seine Frau glücklich machen solle, und kurz nach unsrem ersten Zusammensein erzählte ich dem lieben Kinde, wie sonderbar John manchmal sei, und bat sie, sich nicht allzusehr zu beunruhigen, wenn einmal ein Ausbruch erfolge.

»Widersprich ihm nicht, wenn er so ist,« riet ich ihr, »sondern laß ihn einfach austoben. Widerspruch ist Atemverschwendung, und wütende Menschen klammern sich an jedes Wort, um sich noch mehr in Wut zu reden. Das heißt nur, Oel ins Feuer gießen. Früher, als die Männer noch Männer waren, genügte vielleicht ein ruhiges Wort, sie zu besänftigen, aber nach meiner Erfahrung bilden sie sich ein, sie hätten einem angst gemacht, wenn man ihnen antwortet, und dann geht's erst recht los.«

Lottie versprach mir, sie wolle sich nicht fürchten, aber das liebe kleine Gänschen war zu Tode geängstigt, als sie John zum erstenmal in Wut sah. Es hatte etwas in einer Zeitung gestanden, eine Besprechung einer von ihm geschriebenen Geschichte, und die hatte er gelesen. Lottie erzählte mir, er sei in der Nacht nicht wohl gewesen; er habe heftige Magenschmerzen gehabt, weil er in einer Gesellschaft am Abend vorher Lachsmayonnaise und Hummersalat, und hinterher Punschtorte gegessen habe, die er leidenschaftlich liebte. Morgens beim Erwachen hatte er ihr gesagt, er habe furchtbare Träume gehabt und fühle sich sehr elend. Die liebe, gute Lottie war aufgestanden und hinuntergegangen, um ihm eigenhändig eine Tasse guten, starken Thee zu bereiten, weil er der Ansicht war, daß Dienstboten nicht verständen, Thee zu machen; sie nähmen nie richtig kochendes Wasser dazu (was sehr wahr ist), und das gräßliche Getränk, das einem bei Bekannten manchmal als Thee vorgesetzt wird, bringt mich auf die Vermutung, daß sehr wenig Leute eigentlich wissen, wie guter Thee zubereitet werden muß. Um guten Thee zu machen, muß das Wasser richtig kochen, nicht bloß heiß sein, und dann sollte man ihn ein paar Minuten mit einer Kannenhaube bedeckt stehen lassen, Thee erhält nie den richtigen feinen Geschmack, wenn man nicht die Kanne einige Zeit mit der Kannenhaube bedeckt. Das wahre Geheimnis einer guten Tasse Thee liegt im kochenden Wasser und der Kannenhaube. Als der Thee fertig war, hatte Lottie ihn hinaufgetragen und außer den Briefen unglücklicherweise auch die Zeitung mitgenommen. Sie meinte, das würde ihn veranlassen, liegen zu bleiben, und das wäre das beste für ihn.

Er sagte, sie sei ein vollkommener Engel, und sie ging ganz glücklich hinunter, um nun auch selbst zu frühstücken, aber als sie wieder hinaufkam, war sie entsetzt. Er sprang im Zimmer umher, drohte irgend einer eingebildeten Person mit den Fäusten und schimpfte ganz furchtbar.

Als dies etwa zehn Minuten gedauert hatte, wobei er die gräßlichsten Gesichter schnitt, stürzte er sich plötzlich aufs Bett, ergriff die Zeitung, warf sie zu Boden und trampelte darauf herum. Dann hob er sie wieder auf und zerriß sie in kleine Fetzen, die er im ganzen Zimmer verstreute.

»Ach, du barmherziger Himmel!« rief die arme Lottie. »Was gibt's denn? Was fehlt dir denn?«

»Was es gibt?« schrie er. »Irgend ein Schuft, ein Halunke, ein giftgeschwollenes Reptil hat sich unterstanden, zu sagen, meine letzte Geschichte in der ›Heuschrecke‹ sei gestohlen. O, wenn ich den elenden Hund nur hier hätte, der das geschrieben hat, ich massakrierte ihn, ich zerhackte ihn zu Frikasseestücken und trampelte auf jedem einzelnen herum. Ich nähme ihn am Halse und würfe ihn zum Fenster hinaus, daß er sich auf dem eisernen Gitter aufspießte, und dann ließe ich ihn dort elend verrecken, und wenn er beinahe tot wäre, dann spuckte ich ihm noch ins Gesicht. So!«

Die arme Lottie sagte, sie wäre vor Entsetzen fast zu Boden gefallen, als John vor ihr gestanden und gezischt habe wie ein Wahnsinniger. Glücklicherweise bemerkte er selbst, wie sehr er sie erschreckt hatte, und da sie noch nicht an sein Wesen gewöhnt war, that er sich Gewalt an und trat ruhig zu ihr.

»Du brauchst keine Angst zu haben,« sprach er, »ich habe mich ausgetobt und fühle mich jetzt besser. So bin ich immer, wenn meine Leber nicht in Ordnung ist.«

»Ach, du lieber Gott!« antwortete Lottie, »dann will ich nur hoffen, daß das nicht oft der Fall sein möge.«

»Es wird wohl die schreckliche Lachsmayonnaise und die Punschtorte von gestern abend gewesen sein,« entgegnete John. »Ich war ein Dummkopf, daß ich davon gegessen habe, aber ich habe keine Willenskraft, Es ist ganz schrecklich; sowie ich Lachsmayonnaise und Punschtorte sehe, ist meine Willenskraft rein futsch! Aber von jetzt an werde ich eine strenge Diät beobachten und das Rauchen aufgeben; beunruhige dich nicht weiter, kleines Frauchen, ich bin jetzt wieder ganz in Ordnung.«

Abgesehen von gelegentlichen Anfällen von Niedergeschlagenheit ging auch einige Wochen alles gut. Wenn diese kamen, sagte er, er möchte am liebsten tot sein, und ob Lottie etwas dagegen einzuwenden hätte, wenn er sich verbrennen ließe, denn ein Sarg sei so furchtbar eng, und er wisse im voraus, daß er das Bedürfnis haben werde, sich umzudrehen. Er habe nie vertragen können, auf dem Rücken zu schlafen, und was dergleichen Zeug mehr war. Wir zu Hause waren an seinen Unsinn gewöhnt; Lottie aber hatte das Gefühl, wie sie mir später gestand, als ob sie mit einem Wahnsinnigen allein in einer Polsterzelle sei und versuchen müsse, ihn zu beruhigen, bis der Wärter käme.

Als ich das nächste Mal mit John zusammen war, sprach ich ernsthaft mit ihm und bat ihn, zu versuchen, sich doch etwas mehr zu beherrschen, wobei ich ihn darauf aufmerksam machte, daß sein ungewöhnliches Benehmen seine liebe Frau sehr bekümmere.

»O, das ist alles in Ordnung, liebe Mutter,« antwortete er. »Ich weiß, daß ich manchmal ein bißchen excentrisch bin, aber es geht immer rasch vorüber. Ich habe Lottie gesagt, sie solle es gar nicht beachten, sondern mich nur allein damit fertig werden lassen. Es kommt nur, wenn meine Leber nicht in Ordnung ist, und dann thut mir ein bißchen Toben gut. Das bringt die Galle heraus.«

»Aber, mein lieber Junge, es macht uns alle, die wir dich lieb haben, sehr unglücklich. Wenn du fühlst, daß die Wut dich übermannen will, darfst du nicht vergessen, daß du einem liebenden Herzen wehe thust, und liebende Herzen sind in dieser Welt viel zu selten, als daß man sie nicht mit der größten Schonung behandeln sollte, wenn man sie gefunden hat. Ich weiß, daß ich in deinen Augen oft eine thörichte alte Frau bin, aber wenn wir nicht an andre, sondern immer nur an uns selbst denken, dann, verlaß dich darauf, mein lieber Junge, werden wir nie glücklich.«

»Aber, liebe Mutter,« entgegnete er, »du wirst ja der reine Philosoph; du meinst doch nicht, daß ich Lottie absichtlich quäle?«

»Nein, nicht absichtlich; aber vergiß nicht, was der Dichter sagt,« (Dichternamen habe ich nie behalten können): ›Die Wunden, die Gedankenlosigkeit uns schlägt, sie schmerzen tiefer oft, als die aus bösem Herzen kommen!‹ Mancher Frau Herz ist gebrochen worden, ohne daß es beabsichtigt war.«

»Liebe Mutter, du nimmst die Sache viel zu ernst,« versetzte John, »Wie du sprichst, könnte man wirklich glauben, ich wäre ein Blaubart, König Heinrich der Achte und der Kalif aus Tausend und einer Nacht in einer Person.«

»Das ist auch eine nette Gesellschaft,« erwiderte ich, und John lachte und fing von andern Dingen an zu sprechen, allein ich hoffte, daß meine Worte doch einen tieferen Eindruck auf ihn gemacht hätten.

Die Sache ging lange Zeit gut, und Lottie war ganz heiter. Es gelang ihr, John abends zu Hause zu halten; statt daß er bis in die späte Nacht hinein im Klub saß und rauchte, auch überredete sie ihn, das häufige Essen in Wirtschaften aufzugeben. Seine Stimmung war entschieden besser, so daß ich schon zu hoffen anfing, er werde ein verständiges menschliches Wesen werden, als ich eines Tages den oben erwähnten Brief erhielt. In Camberwell angelangt, fand ich Lottie tief unglücklich.

»O, mein liebes Kind!« sprach ich, »es thut mir zu leid. Was hat's denn diesmal gegeben!«

»Ich weiß es nicht genau,« antwortete sie, »aber er ist so sonderbar gewesen, seit er vor drei Abenden auswärts gegessen hat. Er war mit einem Bekannten im Theater, und hat nachher Hummer gegessen und Champagner getrunken. Er habe gleich gewußt, daß er dafür büßen müsse. Ich sagte ihm, es sei sehr thöricht, und ich könne nicht begreifen, wie ein vernünftiger Mensch so handeln könne, wenn er wisse, daß es ihm schlecht bekomme.«

Sowie mir Lottie von Hummer und Champagner erzählte, wußte ich, was die Glocke geschlagen hatte. Die schwache Verdauung hat er von der Familie seines Vaters geerbt. Eine von Mr. Tressiders Tanten hat zwanzig Jahre nichts essen dürfen als trockenes geröstetes Brot und gekochte Seezungen, und ein andrer Verwandter, ein Vetter, schleppte immer eine galvanische Batterie mit sich herum und versetzte sich beim Essen zwischen den einzelnen Gängen elektrische Schläge. Ich lud ihn nicht gern zum Essen ein, besonders, da er über weiter nichts sprach, als über seine Leiden, und immerzu stöhnte. Mit seiner Batterie unter dem Stuhle, einer Flasche irgend eines Verdauungsweines neben sich und Wismutpastillen rings um seinen Teller, war er nicht gerade, was ich einen angenehmen Tischgast nenne.

Anfangs lud ich ihn aus Höflichkeit ein, besonders auch, weil er reich war und eine große Vorliebe für meinen jüngsten Sohn Tommy gefaßt hatte, aber nach einiger Zeit fing er an, seine Kränklichkeit zu mißbrauchen und sich allerhand herauszunehmen. Eines Tages ließ er mir sogar sagen, was er gern zum Essen haben wolle, und da die von ihm genannte Hauptschüssel spanische Zwiebeln in Milch gekocht war, hielt ich es für an der Zeit, der Sache einen Riegel vorzuschieben, und sagte Mr. Tressider ordentlich meine Meinung über seinen magenkranken Vetter. So 'ne Idee! Ich soll spanische Zwiebeln in Milch gekocht bei einem Diner als Hauptgericht geben!

John hatte mit seiner Verdauung zu kämpfen (ich meine John junior), Mr. Tressider dagegen kann alles essen, und ich bin Zeuge gewesen, wie er nach dem Theater sechs Dutzend Austern zum Abendessen verzehrt hat, und die Massen von Hummern und Seemuscheln, die er zu vertilgen pflegt, wenn wir uns am Meere aufhalten, ist geradezu unglaublich, aber seine schlechte Verdauung hat John doch von der väterlichen Seite der Familie.

»Nun, das hat er allein sich selbst zu verdanken,« sagte ich, als Lottie mir von Hummer und Champagner erzählte, »Warum ißt er Dinge, wovon er weiß, daß sie ihm schlecht bekommen!«

»Er sagt, es wäre Mangel an Willensstärke – er sei einem Hummer gegenüber schwach wie ein Kind.«

»Mangel an Willensstärke!« rief ich ärgerlich. »Mangel an Papperlapapp! Wo ist er denn jetzt?«

»Ach, das weiß ich nicht, und das ist's ja gerade, was mich so unglücklich macht. Als er entdeckte, daß ich an dich geschrieben hatte, wurde er furchtbar wütend und sagte, er wolle ausgehen, einen tollen Hund suchen und sich beißen lassen, und dann wolle er seinen Leichnam der Anatomie vermachen, damit er der Welt nach seinem Tode noch etwas nütze.«

Ich mußte lächeln, ich konnte nicht anders, es war zu albern.

»Liebes Kind,« antwortete ich. »Du mußt das gar nicht beachten. So einfältige Reden hat er schon als Kind geführt. War's sehr schlimm diesmal?«

»O, fürchterlich! Gestern morgen ist er um sieben aufgestanden und in den Garten gegangen, und da hat er einen Regenwurm ausgegraben und gestreichelt und gesagt, das wäre das einzige Wesen, das ihn liebte. Natürlich weinte ich darüber, und darauf sprach er, ich solle nicht weinen, denn er habe sein Testament gemacht und mir alles vermacht, mit Ausnahme des Hundehauses und der Kohlenschaufel. Du solltest das Hundehaus und Vater die Kohlenschaufel haben, um sie auf ewige Zeiten zur Erinnerung an ihn aufzubewahren.«

»Oho!« rief ich, denn mir riß die Geduld, »er soll mir nur kommen, ich werde ihn behundehausen!«

»Aber das ist noch lange nicht das Schlimmste,« fuhr Lottie fort, und die Thränen traten ihr wieder in die Augen. »Weißt du, was er gestern gethan hat?«

»Wenn er so ist, traue ich ihm alles zu. Was hat er denn angestellt?«

»Wir saßen beim Essen, und ich hatte Kartoffelklöße gemacht, weil ich weiß, daß er sie gern ißt.«

»Darin gleicht er seinem Vater,« warf ich ein, »Kartoffelklöße sind dessen Leibgericht.«

»Ja, das weiß ich, und deshalb hatte ich sie auch selbst gemacht, daß sie recht schön und locker sein sollten, und – kannst du's glauben? – als sie auf den Tisch kamen, sprang er auf und schrie.

»›Was gibt's denn?‹ fragte ich.

»›Was es gibt?‹ rief er. ›Mord und Totschlag gibt's. Du willst mich augenscheinlich umbringen, um einen andern heiraten zu können. Wie kann man einem Menschen, der so auszuhalten hat, wie ich, Kartoffelklöße vorsetzen!‹

»Und ehe ich wußte, was er vor hatte, nahm er die Kartoffelklöße und warf sie zum offenen Fenster hinaus.«

»Sag mir 'mal,« rief ich aufspringend, »hat er einen Schutzmann getroffen?«

»Nein, er warf sie zum Hinterfenster hinaus, und die Köchin, die im Garten war, bekam fast Krämpfe, Sie behauptet, der Herr wäre ganz bestimmt verrückt, und will nicht mehr bleiben. Sie hat einen Monat Lohn verlangt und will morgen abend gehen. Ach, du lieber Gott, was soll ich nur anfangen?«

Ich tröstete meine arme Schwiegertochter, so gut ich konnte, und während ich versuchte, sie etwas aufzumuntern, kam das Ungeheuer herein, und – wollt ihr's glauben? – er lachte! Er lachte wirklich und sagte, er habe sich ausgetobt und fühle sich viel wohler. Durch Herumtanzen habe er den Hummer von seiner Brust herunter gebracht.

Als ich die beiden nach einiger Zeit verließ, war der Friede hergestellt, und sie spielten im Garten Federball, aber als Mr. Tressider an jenem Abend seine Cigarre rauchte und die Times las, ging ich zu ihm.

»John Tressider,« sagte ich, »die Sünden der Väter werden an den Kindern heimgesucht. Dein ältester Sohn hat Kartoffelklöße zum Fenster hinausgeworfen!«

Nie in meinem Leben habe ich einen so erstaunten Mann gesehen.

Einen Augenblick blieb ihm der Atem stehen, dann trat er feierlich vor mich hin, legte mir leise die Hände auf die Schultern und sah mir voll ins Gesicht.

»Jane Tressider,« rief er mit einem Blick gen Himmel aus, »laß uns unsrem Schöpfer danken, daß er nicht auch seinen Hut zerrissen hat!«

Kann man sich etwas Herzloseres vorstellen, als eine bekümmerte Mutter in einem solchen Augenblick an etwas zu erinnern, das längst vergessen sein sollte?

Aber Männer sind eben nicht wie Frauen; sie besitzen kein Zartgefühl.

Achte Erinnerung.

Oben auf dem Omnibus.

Meine zweite Tochter Maud war, wie ich schon erwähnt zu haben glaube, die Schönheit der Familie. Sie hat ihr einnehmendes Aeußere von meiner Seite geerbt und gleicht mir mehr als irgend ein andres meiner Kinder, obschon ich das vielleicht nicht aussprechen sollte.

Wenn ich mich mal zufällig im Spiegel sehe, wird es mir schwer, zu glauben, daß ich dereinst ein schönes Mädchen war und John Tressiders Aufmerksamkeit erregte, als er oben auf einem Omnibus an meines Vaters Hause vorbeifuhr.

Wie es scheint – er hat es mir später so erzählt – blickte ich eben über den Fenstervorsetzer im Wohnzimmer und sah zu, wie sich zwei Hunde in der Straße rauften. In dem Augenblick schaute Mr. Tressider, damals ein hübscher junger Mann, von seiner Zeitung, die er auf dem Wege nach der City las, in die Höhe.

Es war bei ihm ein Fall von »Liebe auf den ersten Blick«. »Was für ein reizendes Geschöpf!« rief er aus und träumte den ganzen Tag von mir. Am Abend ging er zu Fuß nach Hause, statt den Omnibus zu benutzen, und nahm seinen Weg durch unsre Straße, bis er unser Haus wiedererkannte, und das Glück – oder ich sollte vielleicht sagen: das Schicksal!– wollte es, daß ich wieder über den Vorsetzer guckte, gerade als er stehen blieb, um sich unsre Hausnummer auf seiner Manschette aufzuschreiben.

Unsre Augen begegneten sich, und als ich einen jungen Mann erblickte, der mich fest ansah – um nicht zu sagen, anstarrte – schlug ich die meinen nieder und trat vom Fenster zurück.

Wie wenig ließ ich mir träumen, daß ich meinen zukünftigen Gatten gesehen hatte, aber so war es. Nachdem er sich meine Wohnung aufgeschrieben, ging Mr. Tressider in einen Fischladen, der gleich um die Ecke lag, und kaufte ein paar Seezungen, die er, wie er mir nachher erzählte, in die Tasche steckte und vergaß. Er hatte seinen Ueberrock in den Schrank gehängt und nicht wieder getragen, da warmes Wetter eintrat, und erst, als die Leute im Hause sich über den Gestank nach faulen Fischen zu wundern und zu beklagen anfingen, fielen sie ihm wieder ein. Der arme Mensch! Er war verliebt, und da kann man auch ein paar Seezungen in der Ueberrockstasche vergessen.

Er kaufte die Fische nur, um einen Vorwand zu einer Unterhaltung mit dem Händler zu haben, und fragte ihn, ob er wisse, wer Nummer 17 (unsre Nummer) wohne, denn er wollte natürlich gern meinen Namen wissen. Als er ihn in Erfahrung gebracht hatte, ging er nach Hause und zerbrach sich den Kopf, auf welchem Wege er eine Einführung bei uns erlangen könne.

Ein Mädchen zu lieben, das man nicht kennt, ist sehr schlimm, denn das wirkliche Leben ist nicht so, wie es in alten Balladen und Romanen geschildert wird. In unserm neunzehnten Jahrhundert kann sich ein junger Mann nicht in den Vorgarten stellen und die Guitarre spielen, und es gibt auch keine hübschen Pagen, durch die er Billetdoux schicken könnte, und wenn es solche gäbe, wäre ich noch lange nicht das Mädchen gewesen, auf so etwas einzugehen.

Er sah also ein, daß eine förmliche Vorstellung unbedingt notwendig sei, aber er fand unter allen seinen Freunden niemand, der uns kannte, was nicht sehr zu verwundern ist, denn wir waren erst vor kurzem vom Lande nach London gezogen. Alles, was er thun konnte, war demnach, jeden Tag bei uns vorbeizufahren und nach unsern Fenstern zu schielen, in der Hoffnung, daß ich 'mal wieder über den Vorsetzer im Wohnzimmer sähe. Das war eins von den niedrigen Dingern aus Drahtgaze, wie sie in meinen jungen Jahren Mode waren, die man jetzt aber nur noch selten zu sehen kriegt.

Manchmal war ich da, manchmal nicht. Ich glaube nicht, daß ich ihn bemerkt haben würde, wenn er nicht eines Tages den Hut abgenommen hätte; wobei er so furchtbar rot wurde, daß ich es trotz des Nebels sehen konnte.

»So 'ne Unverschämtheit!« sagte ich zu mir selbst, aber danach war ich – wie es kam, weiß ich selber nicht – fast immer am Fenster, wenn der Neunuhrdreißig-Omnibus der Favoritlinie vorbeifuhr, und natürlich mußte ich sehen, wer obenauf saß, und das war stets der hübsche, junge Mann.

Den Hut nahm er nicht wieder ab, weil ich seinen Gruß nur mit einem eiskalten Blick erwidert hatte, aber er errötete jedesmal, und zuletzt, als ich sah, daß er sah, daß ich ihn gesehen hatte (du meine Güte! Was für ein Stil! Aber ich bin eben keine Schriftstellerin von Beruf), entdeckte ich, daß ich ebenfalls errötete.

Meine Ueberraschung und Verlegenheit könnt ihr euch vorstellen, als ich bei einer kleinen Tanzgesellschaft drüben in Peckham, die wir besuchten, im ersten Menschen, den ich beim Eintritt erblickte, den hübschen jungen Mann vom Omnibus erkannte.

Viele Jahre sind seitdem vergangen, meine Kinder sind um mich her herangewachsen, und kleine Enkel klettern mir auf den Schoß und nennen mich Großmama, aber wie ich so dasitze und im ersterbenden Abendrot eines Sommertages diese Erinnerungen niederschreibe, sehen meine Augen durch die darin emporsteigende Feuchtigkeit, und ich erschaue mich als glückliches, errötendes Mädchen. Ach, die lieben alten Tage, wo alles so freundlich und so schön aussah, wo die Welt so hell vor uns lag! Ich kann mich erblicken, wie ich an jenem Abend aussah, in meinem weißen Muslinkleid mit dem kurzen Leibchen, der hübschen rosa Schärpe, den Tanzschuhen mit den Kreuzbändern und meinen langen gewebten Handschuhen, die mir über die Ellbogen reichten. Du liebe Zeit! Wer hätte wohl gedacht, daß ich eines Tages eine arme, abgehetzte Schwiegermutter sein würde, mit Rheumatismus und Gicht und schlimmen Kopfwehtagen und Kindern, über die ich mich fast zu Tode sorge, denn einige davon sind gar zu zart. Und wer hätte wohl gedacht, daß der hübsche junge Mann vom Omnibus, der immer so rot wurde, wenn seine Blicke den meinigen begegneten, eines Abends nach Hause kommen und Kartoffelklöße zum Fenster hinauswerfen würde?

Etwas Derartiges habe ich sicher nicht erwartet, als ich zitternd und errötend den sich lächelnd verbeugenden jungen Mann vom Omnibus vor mir stehen sah. Er wurde mir vom Sohne des Hauses als Mr. John Tressider vorgestellt und bat mich um die Ehre des nächsten Tanzes.

Was ich antwortete, weiß ich nicht mehr, aber es muß wohl wie ja gelautet haben, denn als die junge Dame am Klavier anfing, eine Quadrille zu spielen, trat ich mit Mr. Tressider in die Reihe, und als der Augenblick kam, wo der Tänzer seinen Arm um die Dame legt, da fiel mir plötzlich ein, daß er mich bemerkt, wie ich ihn über den Fenstervorsetzer angesehen hatte, und ich wurde feuerrot.

Trotz meiner begreiflichen Verwirrung ging aber alles ganz gut. Er war sehr nett und spielte nicht einmal auf den Omnibus und den Fenstervorsetzer an, was mir eine große Beruhigung war. Er erzählte mir, die Leute, die den kleinen Ball gaben, seien sehr alte Freunde von ihm, und nachdem der Tanz vorüber war, stellte er mich seiner ebenfalls anwesenden Schwester vor. Meine Mama gesellte sich zu uns und nahm an der Unterhaltung teil, und wir fanden, daß unsre besten Freunde in London, die Smiths, auch Freunde seiner Familie waren.

Wir tanzten noch einige Tänze zusammen, und er führte mich auch zu Tische, und da ich eine Landpomeranze war, erschien es mir, als ob ich im Feenreiche sei, und war über alles entzückt. Ich betrachtete ihn immer verstohlen von der Seite, wenn er nicht nach mir hinsah, und jedesmal kam er mir hübscher vor als das letzte Mal. Wir zogen auch Knallbonbons zusammen auf, und er war sehr unartig, denn er bestand darauf, die Verse, die wir darin fanden, laut vorzulesen. Einer hieß: »Wer hat je geliebt und kennt nicht Liebe auf den ersten Blick?« und das war, wie ich später erfuhr, von einem Dichter Namens Marlowe, der schon vor Shakespeare gelebt hat; damals aber glaubte ich, der Zuckerbäcker sei der Verfasser, und ich sagte, es sei ein ganz hübscher Gedanke.

Darauf sah mir Mr, Tressider mit einem schelmischen Blick in die Augen und fragte mich: »Glauben Sie das auch?« und ich antwortete: »Ich weiß wirklich nichts davon.« Nun forderte er mich auf, ein wenig Champagner zu trinken, und winkte einen Bedienten herbei, doch ließ ich mein Glas nur zur Hälfte füllen, weil ich nicht an Champagner gewöhnt war. In jenen Tagen gab es in so kleinen Gesellschaften, wie die war, wo ich John Tressider kennen lernte, nur zwei Sorten Champagner, rosa oder weißen, und so großartige Namen, wie er heute hat, waren unbekannt. Ich weiß noch, als ob es gestern gewesen wäre, wie der Bediente herbeikam, in jeder Hand eine Flasche, und mich leise fragte: »Rosa oder weiß. Miß?«

Fünfunddreißig Jahre sind seit jenem Abend dahingegangen, aber ich sehe ihn noch vor mir, und mein altes Herz klopft schneller, wenn ich an John Tressider denke, wie er an der Thür stand und das Lampenlicht auf seinem lockigen Haare spielte, und wie er Mama und mich zum Wagen begleitete und sich verbeugend und uns nachsehend stehen blieb, als wir davonfuhren.

»Was für ein angenehmer junger Mann!« sagte meine Mutter.

»Findest du?« antwortete ich, als ob ich es kaum der Mühe wert gefunden hätte, ihn anzusehen.

War das nicht recht schlecht von mir?

Ach! Der schöne Traum der ersten Liebe! Warum erwachen wir daraus und finden, daß es nur ein Traum war? Nun, ich darf mich nicht beklagen, ich habe viel Segen erfahren dürfen, und wenn man auch manchmal Geduld mit ihm haben muß, so ist John Tressider doch kein schlechter Gatte und Vater gewesen, wie eben Gatten und Väter heutzutage sind, und meine lieben guten Kinder sind eine große Freude für mich, trotz der vielen Sorgen und Angst, die sie mir gemacht haben. Nun habe ich meine Enkelkinder, die lieben Würmer, und wenn sich mir ein Paar Kinderärmchen um den Hals legen und ich fühle ein Paar Kinderlippen auf der Wange, dann weiß ich, daß ich nicht umsonst gelebt und gelitten habe.

Aber ich glaube wirklich, die glücklichste Zeit meines Lebens war die, die unmittelbar auf diese Gesellschaft folgte, denn ich wußte, daß John Tressider mich liebte. Jetzt, wo wir einander vorgestellt waren, konnte ich natürlich seinen Gruß erwidern und ihm zulächeln, das war nun nicht mehr unpassend. Es dauerte nicht lange, da trafen wir uns wieder bei der Familie Smith. Dort wurde Johns Mutter mit der meinen bekannt, und von da an standen unsre beiderseitigen Familien auf ganz freundschaftlichem Fuße und besuchten einander, und eines Tages gestand mir John, er habe mich geliebt seit dem ersten Augenblick, wo er mich vom Verdeck des Omnibus' gesehen habe, wie ich über den Fenstervorsetzer hinwegschaute. Und als er mich darauf fragte, ob er mir nicht allzu widerwärtig sei, was konnte ich da antworten? Ich wies ihn sogleich an meine liebe Mutter, mein Papa zog Erkundigungen über seine Verhältnisse ein, und sowie meine Eltern zufriedengestellt waren, verlobten wir uns.

Das ist alles so lange her, so sehr lange, und nun bin ich eine alte Frau (obgleich ich thatsächlich gar nicht so aussehe und auch in meinem Wesen nicht alt bin), und John Tressider, der sich sehr gut gehalten hat, namentlich was seine Gesichtsfarbe und Haar anlangt, obschon dieses nicht mehr ganz so braun ist als damals, sitzt bis in die ersten Morgenstunden auf und liest die Times und kommt kalt wie ein Frosch zu Bett und nimmt das Leben so leicht und sorglos und überläßt allen Aerger im Hause und mit den Dienstboten und der Familie und den Schwiegersöhnen und -Töchtern mir.

Manchmal, wenn ich einen von meinen Kopfwehtagen habe und geärgert worden bin, dann sage ich zu meinen Kindern: »Ach, meine Lieben, wartet es nur erst ab, bis ihr durchgemacht habt, was ich durchgemacht habe. Mir zu sagen, ich solle mir keine Sorgen machen, ist ganz schön, aber meine Nerven sind vollkommen zerrüttet, und ich werde eine alte Frau.« Manchmal kommt es nur so vor, als ob ich nie ein munteres, junges Mädchen gewesen sein könnte, das für sehr schön galt, aber es hängt ein Bild von mir im Eßzimmer, das gemalt wurde, als der kleine John drei Jahre alt war, und wer es sieht, kann sich überzeugen, daß es keine leere Prahlerei ist, wenn ich sage, daß Maud ihre Schönheit von mir geerbt hat.

Ich bin als junge Mutter dargestellt, mit einer Rose in meinem üppigen schwarzen Haare, das nach der Mode jener Zeit zurückgekämmt ist, und mein kleiner John im Kittelchen liegt in meinem Schoße und hält ein paar Kirschen in der Hand.

Wie oft rufen Leute, die das Bild sehen, aus: »Was für eine schöne Dame!« und wenn ich ihnen dann erkläre: »Das ist ein Bild von mir,« dann antworten sie: »Wirklich? Wie schön müssen Sie gewesen sein!« in einem Tone, der andeutet, daß sie es meinem gegenwärtigen Aussehen nach nicht geglaubt hätten. Aber es ist doch der Fall, und meine Tochter Maud gleicht mir in hohem Grade, obgleich ihr Profil mehr dem der Kaiserin Eugenie, wie sie noch jung war, ähnelt.

Maud war schon als Kind ganz außerordentlich hübsch, und alle Welt meinte, sie werde zu einem schönen Mädchen heranwachsen, und wir mußten sehr vorsichtig sein, sie nicht allzu offen bewundern zu lassen, damit sie nicht eitel werde.

Als Kinder hatten meine beiden ältesten Töchter immer die groß-
artigsten Vorstellungen. Wie oft habe ich heimlich lachend zuge-
hört, wenn sie sich aus Tischtüchern, die sie sich umbanden, Hof-
schleppen gemacht hatten, Arm in Arm im Garten umherstolzierten
und sich Lady Eveline und Lady Araminta nannten.

Weiß der Himmel, wo sie ihre Vorstellungen herhatten oder solche Namen hörten, wenn nicht von den Dienstboten, die das Londoner Journal lasen und wohl in ihrer Gegenwart davon gesprochen haben mögen. Wenn man spielenden Kindern zuhört, muß
man sich über die sonderbaren Ideen wundern, die sie auflesen,
ebenso wie über die wunderbaren Ansichten darüber, was sie werden wollen. Alle meine Jungen hatten sich schon in früher Kindheit
für den Beruf eines Omnibuskutschers oder Eisenbahnschaffners
entschieden, nur Tommy wollte Maler werden und reizende Bilder
auf den Bürgersteig malen, wie der alte Mann, der in Hampstead
Road zu sitzen pflegte und Proben seiner Kunst aufs Pflaster zeich-
nete. Tommy begann seine Künstlerlaufbahn, als er sieben Jahre alt
war und einen kleinen Farbenkasten zum Geburtstag erhalten hatte.
Ich werde nie den Schreck vergessen, den ich empfand, als ich einst,
von einem Besuch zurückkehrend, entdeckte, daß er ins Wohnzimmer geraten war und begonnen hatte, die Thür mit einem Landhau-
se, wie er es sich vorstellte, in blau und grün, mit schwarzem Rauch,
der aus drei ziegelroten Schornsteinen kam, zu verzieren.

Da sie im Spiele oft große Damen vorstellten, fingen die Jungen
an, ihre Schwestern damit zu necken, und nannten Maud Lady
Araminta, welcher Name dann an ihr hängen blieb.

Sie war durchaus kein eitles Mädchen, aber ein sehr empfindsames und nervöses Kind. Ihre Leiden begannen erst, als sie erwach-
sen war und ihre Brüder das arme Mädchen mit seinen Liebhabern
zu Tode quälten.

Von dem Herrn mit dem roten Schnurrbart und der Baßposaune
habe ich schon erzählt. Danach kam ein Witwer, den wir schon seit
vielen Jahren kannten. Er war sehr aufmerksam gegen Maud, aber
wir dachten natürlich nie im Traume daran, daß er sich in sie ver-
lieben würde, obgleich ihre Brüder sie mit ihm neckten und sie
Nummer zwei nannten. Sie trieben die Sache so arg, daß das arme

Mädchen manchmal bei Tisch zu weinen anfing, aber sie wurde nie heftig.

Eines Tages kam mein Mann zu mir und teilte mir mit, Mr. Briggs habe mit ihm gesprochen und ihn gefragt, ob er ihm gestatte, sich um Maud zu bewerben, und ob er glaube, daß sie genug Neigung für ihn empfinden könne, um ihn zu heiraten.

Ich schlug die Hände überm Kopfe zusammen, als ich das hörte.

»Wie, der Mann muß toll sein, wenn er sich einbildet, daß wir etwas Derartiges zugeben würden,« sagte ich.

Er war sehr reich, aber wenigstens fünfzig alt und hatte einen erwachsenen Sohn und eine Tochter, die mindestens ebenso alt war als Maud. Ich ließ diese in mein Zimmer kommen und teilte ihr die Sache mit.

»Mein Kind,« sprach ich, »hast du Mr. Briggs lieb? Ich meine, lieb genug, um seine Frau zu werden?« Das liebe Mädchen machte einen Augenblick ein ganz possierliches Gesicht und brach dann in Lachen aus.

»O Mama,« rief sie, »du willst doch nicht sagen, daß er dir gesagt habe, er liebe mich?«

Ich erzählte ihr, er habe mit ihrem Vater über diese Angelegenheit gesprochen, und sie schien' ganz überrascht – offenbar hatte sie nie an etwas Derartiges gedacht.

Wir gaben Mr. Briggs eine höflich dankend ablehnende Antwort, und damit war die Sache zu Ende. Er blieb eine Zeitlang aus unsrem Hause fort und erschien erst wieder, als er uns seine zweite Frau vorstellen konnte, eine Dame, die in Hinsicht ihres Alters viel besser für ihn paßte, als unsre süße Maud.

Auch der nächste Bewerber um ihre Hand war wieder ein alter Witwer. Es war wirklich zu sonderbar, daß sie eine solche Anziehungskraft für alte Herren besaß.

Sein Name war Johnson und seine Töchter waren Schulgefährtinnen Sabinens und Mauds. Sie waren eng befreundet, so daß sie sich gegenseitig häufig besuchten. Der alte Mr. Johnson vollführte die unglaublichsten Dinge, wie mir meine Mädchen erzählten. Er kam manchmal als Admiral oder General verkleidet in die Stube, und einmal sogar als Clown, und da hatte er im richtigen Clowntone gerufen: »Komm sie rein, komm sie rein in die gute Stube!« so daß die Mädchen halb tot vor Angst waren. Seine Söhne und Töchter spielten gern Theater, und daher waren allerhand Anzüge im Hause, die er zu seinen Verkleidungen benutzte. Aber ein vernünftiger Mensch hatte doch so etwas nicht gethan.

Eines Tages, wo die Mädchen zum Gabelfrühstück bei Johnsons waren, zog er plötzlich einen Beutel voll Goldstücke aus der Tasche, schüttete sie alle in die Suppenschüssel und fing dann an, die Suppe mit samt den Sovereigns auf die Teller zu schöpfen. Natürlich ließen die Mädchen sie auf den Tellern liegen, aber sein sonderbares Benehmen beunruhigte sie sehr. Als das Dienstmädchen kam, um die Teller zu wechseln, befahl ihm Mr. Johnson, sie unter das Sofa zu stellen, was bewies, daß Methode in seinem Wahnsinn war. Das Dienstmädchen sollte die Goldstücke nicht nehmen.

Obgleich wir wußten, wie seltsam Mr. Johnson zu Zeiten war, könnt ihr euch doch mein Erstaunen vorstellen, als meine liebe Maud eines Tages sehr aufgeregt nach Hause kam. »Ach, Mama,« sprach sie, »der gräßliche Mr. Johnson! Ich gehe nie wieder hin. Er hat wirklich in seinem eigenen Garten, wo die Mädchen Croquet spielten, vor mir gekniet und mich gefragt, ob ich seine Frau werden wolle.«

»Liebes Kind,« entgegnete ich, »das darfst du nicht ernsthaft nehmen, das war einer seiner seltsamen Scherze.«

Allein am nächsten Tage, als die Mädchen spazieren gingen, folgte ihnen Mr. Johnson, und als er sie eingeholt hatte, sagte er Maud, er sei Millionär, und wenn sie ihn heiraten wolle, dann werde er sich einen ausländischen Titel kaufen und sie solle Gräfin werden. Er faselte einen solchen Unsinn, daß es den Mädchen ganz unheimlich wurde und Sabine endlich sagte: »Wenn Sie Maud etwas mitzuteilen haben, dann kommen Sie doch zu uns. Mein Vater ist in der Regel um acht Uhr zu Hause.« Dann versuchten sie, ihm zu entschlüpfen, aber der alte Mann hatte sie verfolgt, gräßliche Gesichter geschnitten und zum Erstaunen der Vorübergehenden so laut gerufen, daß, wenn Maud ihn nicht erhöre, er sich als gemeiner Soldat anwerben und in der Schlacht bei Waterloo totschießen lassen wolle.

Mein armes Kind war ganz angegriffen und zitterte wie Espenlaub, als sie mir dieses furchtbare Abenteuer erzählte. Ich suchte sie zu beruhigen und sagte ihr, es sei ganz klar, daß der alte Herr vollständig verrückt sei und einen Wärter haben müsse. Auch versprach ich ihr, mit ihrem Papa darüber zu reden und ihn zu bitten, zu Mr. Johnson zu gehen und von ihm zu verlangen, daß er diese Verfolgung einstelle.

Allein um sieben Uhr am selben Abend, während wir bei Tische saßen – Mr. Tressider speiste auswärts – hörten wir plötzlich ganz ungewöhnliche Töne in unsrem Vorgarten, und da stand der alte Mr. Johnson in bloßem Kopf mit einem Banjo und sang:

> »Komm in den Garten, süße Maud,
> Entflohen ist die schwarze Nacht,
> Komm in den Garten, süße Maud,
> Das Auge des Geliebten wacht,
> O, laß mich länger nicht alleine,
> Denn mich friert schrecklich an die Beine.«

Maud fing an zu weinen, mein Sohn William aber sprang auf und sagte, er wolle hingehen und dem alten Esel ein paar geben, doch suchte ich ihn zurückzuhalten.

»Nein, nein,« sagte ich, »um alles in der Welt keinen öffentlichen Skandal; das brächte die Geschichte erst recht herum. Der alte Mann ist ja offenbar nicht zurechnungsfähig.«

»Ob er verrückt ist oder nicht, ist mir ganz einerlei,« entgegnete William, »er hat kein Recht, hier in unsern Garten zu kommen, und ich werde doch meine Schwester nicht so beschimpfen lassen.«

Ich weiß nicht, welchen Ausgang die Sache genommen hätte, wäre nicht in diesem Augenblick einer von den jungen Johnsons, der gehört hatte, was sein Vater treibe, ganz atemlos angekommen. Er nahm ihn am Arme, und es gelang ihm, ihn nach Hause zu führen. Noch am selben Abend kam der junge Mann wieder, um wegen des ärgerlichen Vorfalles um Entschuldigung zu bitten. Er erzählte uns, daß der arme alte Herr schon seit einiger Zeit ganz zweifellos geistig gestört sei; jetzt sei die Sache aber so weit gekommen, daß die Familie beschlossen habe, ihn in eine Irrenanstalt zu bringen.

Und das geschah zu meiner großen Beruhigung, denn wenn sie es nicht gethan hätten, ich glaube, Maud hätte sich nicht wieder vor die Thür gewagt. Das arme Mädchen! Wirklich eine angenehme Lage, auf der Straße Liebeserklärungen von einem Verrückten anhören zu müssen, der alt genug war, ihr Großvater sein zu können!

Als die schlimmste Aufregung und Angst überwunden und Maud auf einige Zeit zu Freunden aufs Land geschickt worden war (ihre Nerven waren wirklich ganz herunter), sprach ich zu meinem Manne, wir schienen nichts als Unannehmlichkeiten mit »Mauds Liebhabern«, wie die Jungen sie nannten, haben zu sollen. Es war in der That zu abgeschmackt, daß ich bei einer so reizenden Tochter von ältlichen Witwern und Verrückten belästigt wurde, die meine Schwiegersöhne werden wollten. Und als John Tressider mir entgegnete: »Stell dir nur 'mal vor, du wärest die Schwiegermutter eines Verrückten,« da war ich so wütend, daß ich ihn hätte ohrfeigen mögen.

Glücklicherweise gab es keine so schrecklichen Abenteuer mehr, und bald darauf begann ein junger Herr, der mir stets ganz außerordentlich gut gefallen hatte, ständiger Besucher unsres Hauses zu werden. Er kam als Freund meines Sohnes William, und nach dem, was ich beobachtete und was die Jungen gelegentlich andeuteten, schien es mir so, als ob er ein Auge auf Maud geworfen habe, und ich konnte sehen, daß er auch ihr keineswegs zuwider war.

Obgleich ein sehr netter Mensch und ein durch und durch feiner und gebildeter Herr, der auch einer guten Familie angehörte, war seine Stellung doch nicht so, wie ich sie mir gewünscht hätte, denn ich will nur gestehen, ich hatte immer gehofft, daß Maud die beste Partie von der Familie machen werde.

In dieser Welt können wir jedoch nicht alles so haben, wie wir gern möchten, und als Frank Leighton sich später, bildlich gesprochen, mir zu Füßen warf und mich beschwor, meinen Einfluß bei Mr. Tressider geltend zu machen, damit er seine Einwilligung zu einer Verbindung zweier liebenden Herzen gäbe – seins und Mauds – da gewann die Mutter in mir die Oberhand. Ich vergaß meine Träume und Hoffnungen (Selbstlosigkeit ist stets einer meiner hervorragendsten Charakterzüge gewesen), entsann mich meines eigenen ersten Liebestraumes (wovon ich euch im Anfang dieses Kapitels erzählt habe), und versprach dem jungen Paare meine herzliche Fürsprache.

Nun habt ihr von Mauds Liebhabern gehört; in der nächsten Erinnerung werde ich euch von Mauds Mann erzählen.

Neunte Erinnerung.

Mauds Gatte.

Frank Leighton, der Freund meines Sohnes William, hatte sich also in Maud, die »Schönheit der Familie«, verliebt. Er war ein hübscher junger Mensch und ein Mann, vor dem ich die größte Hochachtung hatte, denn ich kannte seine Familie seit vielen Jahren, aber, wie schon erwähnt, hatte ich eine bessere Verbindung für Maud erhofft, obgleich das vielleicht unvernünftig war, wenn man bedenkt, wie wenig mein Mann gethan hatte, um seiner Tochter Aussichten zu verbessern.

Wohlhabende junge Leute und Erben großer Besitzungen trifft man nicht jeden Tag, und wenn man nicht viel ausgeht und die sogenannte Gesellschaft besucht, ist es schwierig, ihnen überhaupt zu begegnen.

Ich sagte immer, es fehle Maud an Gelegenheit, aber als ich Mr. Tressider darauf aufmerksam machte, fragte er mich: »Was willst du denn eigentlich, daß ich thun soll? Soll ich eine Anzeige in den Daily Telegraph setzen: ›Für Herzöge, Grafen und Millionäre. Eine schöne Tochter in heiratsfähigem Alter. Zu besichtigen täglich zwischen vier und sieben. Anfragen sind zu richten an John Tressider, Villa Laurentia, Maida Vale‹?«

»Sei doch nicht so albern, John,« entgegnete ich. »Das ist alles recht schön, daß du die Sache in einen Scherz zu verdrehen suchst, aber wenn du deine Pflicht als Vater gethan hättest, dann hätte Maud wahrscheinlich schon mehr als eine Gelegenheit gehabt, eine außerordentlich vorteilhafte Partie zu machen.«

»Nun, was hätte ich denn thun sollen?«

»O, gar mancherlei,« erwiderte ich, »zum Beispiel, du bist ein Citymann, und obgleich du mir immer antwortest, die Geschäfte gingen flau, wenn ich einmal hundert Pfund extra haben will, glaube ich doch, daß du ein wohlhabender Mann bist. Da du also ein wohlhabender Citymann bist, wäre es dir ein Leichtes gewesen, Alderman oder Sheriff zu werden, und dann war es bis zum Lord Mayor auch nicht mehr so weit. Wärest du das geworden, dann hättest du deine Töchter im Mansion House in die Welt einführen können, und dann hätten wir 'mal sehen wollen.«

»O,« entgegnete er nur in seiner Weise, die mich immer so aufbringt, »ich sehe schon, wo du hinaus willst. Du hättest gern mit dem Prinzen von Wales getanzt.«

Ich war durchaus nicht gesonnen, mich durch meines Mannes einfältige Bemerkungen ärgern zu lassen. »Nein, John Tressider,« erwiderte ich ihm also, »ich habe nicht die Gewohnheit, an mich selbst zu denken. Mein ganzes Leben lang habe ich mich für meinen Mann und meine Kinder geopfert, und so wird es wohl bis zu Ende weitergehen. Warum ich wünsche, du hättest dich um eine Stellung in der City bemüht – bürgerliche Ehrenstellen werden sie, glaube ich, genannt – ist, weil du dann wahrscheinlich geadelt worden wärest.«

»Und dann wärest du Lady Tressider geworden; das ist's, nicht wahr, meine Liebe?«

»Durchaus nicht, ich denke nur daran, wie viel besser es für die Mädchen wäre; sie hätten so ausgezeichnete Partieen machen können. Maud –«

»Nun, Maud hat eine ganze Menge Anträge gehabt. Da war zum Beispiel der alte Mr. Johnson, der ist ungeheuer reich. Du hast ihn ja aber ins Tollhaus sperren lassen, und du kannst doch nicht erwarten, viele Bewerber um deiner Töchter Hand zu finden, wenn die Gefahr damit verbunden ist, ins Tollhaus gesperrt zu werden.«

Daß ich nach dieser Bemerkung nur mit der größten Anstrengung meine Ruhe bewahrte, könnt ihr euch denken. Wenn ein Mann, der nahe an die sechzig ist, nicht einmal ernsthaft sein kann, wo es sich um das Glück seiner Töchter handelt, dann ist nichts mehr von ihm zu hoffen. Da ich aber wußte, daß dies nur eine Probe dessen war, was Mr. Tressider »Spaß« nennt, biß ich mir auf die Zunge, klopfte mit dem Fuße auf den Boden und behielt meine Meinung über sein Betragen für mich. Allein ich warf ihm einen Blick zu, der Bände redete, und er verstand ihn auch, denn das empörende Grinsen, das bis dahin seine Züge entstellt hatte, verschwand plötzlich, und er sagte ganz ernsthaft: »Na, heraus mit der Sprache, du hast diese

Reden gewiß nicht umsonst gehalten. Was gibt's denn heute? Wieder eine heimliche Verheiratung in der Familie?«

»Nein,« erwiderte ich, »das glücklicherweise nicht, aber Maud hat einen Antrag gehabt, und da du ihr Vater bist, ist es deine Pflicht, die Sache ernsthaft in Erwägung zu ziehen.«

Nun erzählte ich ihm von Mr. Leighton und Maud, und er sagte, die Sache überrasche ihn nicht sehr, da er etwas derart geahnt habe. Er war der Ansicht, der junge Leighton sei ein sehr achtbarer junger Mann, obschon augenblicklich nicht in einer besonders guten Stellung, da er bei seinem Onkel, einem Makler in der City, arbeitete, allein sein Vater sei in guten Verhältnissen, und er habe einen Bruder, der Rechtsanwalt sei. Seine Familie sei sehr angesehen, und da Frank jung, thatkräftig und sehr verständig sei, so werde er schon in der Welt vorwärtskommen.

Wir besprachen die Sache an jenem Abend noch nach allen Richtungen, und einige Tage später hatte mein Mann eine Unterredung mit Franks Vater, die zu unsrer Einwilligung führte, aber die Hochzeit wurde erst für eine spätere Zeit in Aussicht genommen. Inzwischen sollte Frank das Geschäft seines Onkels verlassen und sich selbständig als Makler niederlassen, wozu er vollkommen befähigt war.

Die Brautzeit verlief sehr ruhig, denn Frank und Maud waren verständige junge Leute, die sich nicht, wie das manche Brautpaare thun, andern Menschen zur Last machen. Sie zankten sich auch nicht, und Frank war zu meiner größten Freude bei den Jungen sehr beliebt, wodurch mir viel Aerger und Unannehmlichkeiten erspart blieben, denn wenn die Brüder ihrer Schwestern Geliebte nicht leiden mögen, dann können sehr peinliche Zustände eintreten.

Als sie heirateten, nahmen sie ein allerliebstes kleines Haus am Flusse, denn Frank liebte den Rudersport, was mir lange Zeit beträchtliche Unruhe verursachte. Ich erwartete immer, daß sie umschlügen, aber Maud war gern auf dem Wasser, und sie hatten ein eigenes, sehr hübsches Boot, obschon es ihnen nie gelang, mich hinein zu nötigen. Ich weiß nicht, vielleicht wäre es mir nicht so unangenehm gewesen, wenn ich auf festem Lande hätte einsteigen können, aber in ein so wackeliges Ding zu treten, überstieg meinen Mut, besonders, da ich ein bißchen stark bin.

Lange Zeit nach ihrer Rückkehr von der Hochzeitsreise und ihrem Einzug in der Villa am Fluß konnte ich die Worte »Folgenschwerer Unfall mit einem Boote« im Inhaltsverzeichnis der Zeitungen nicht lesen, ohne eine wahnsinnige Angst zu empfinden, es beträfe Maud und Frank, und einmal hatte ich einen Schreck, der meine Haare grau gemacht haben würde, wenn sie diese Farbe nicht schon gehabt hätten. Ich las nämlich im Daily Telegraph, es sei ein leeres Boot, Kiel aufwärts im Flusse treibend gefunden worden, worin man vorher einen Herrn und eine Dame gesehen habe, die man für ertrunken hielt. Ich war so erschrocken, daß ich sofort an Maud telegraphierte und sie fragte, ob sie noch am Leben sei.

Aber meine liebe Maud war ganz wohlauf und schrieb mir, sie führten ein ganz idyllisches Leben. Auch mache Frank ganz ausgezeichnete Geschäfte in der City und setze große Hoffnungen auf seine neue Erfindung. Ueber diese Erfindung werde ich euch gleich etwas zu erzählen haben.

Den Brief über ihr idyllisches Dasein erhielt ich kurze Zeit, bevor ich ihnen einen längeren Besuch in Laburnum Cottage machte. Ich war jedoch noch nicht lange dort, als ich ihr Leben von einer Seite kennen lernte, die nichts weniger als idyllisch war, denn ich betrachtete die Dinge natürlich mit andern Augen als ein junges Paar im ersten Rausche seines neuen Glücks.

Das Häuschen lag in nächster Nähe eines Ortes, wo Boote vermietet wurden, und dort befand sich auch ein Wirtshaus, das eine große Zahl von Gesindel anzog, deren Gespräche das Gegenteil von idyllisch waren, das kann ich euch versichern.

Die sonderbarsten Menschen befanden sich darunter und da ich, wenn Frank und Maud auf dem Flusse waren, meist am offenen Fenster saß und las, lernte ich bald ihre Namen kennen. Einen nannten sie »Zuchthaus-Dick«, weil er im Zuchthause gesessen hatte, ein andrer war unter dem Namen »Der sanfte Billy« und ein dritter als »Lahmer Jack« bekannt, weil eins seiner Beine kürzer war als das andre, und einer hieß »Zigeuner-Sam«. Vom Morgen bis zum Abend lungerten sie dort umher und warteten auf Boote und gelegentlichen Verdienst, indessen die Bewohner der in der Nähe gelegenen Villen den Vorzug genossen, ihre Gespräche mit anhören zu dürfen, die sich mit allen möglichen Gegenständen, örtlichen, politischen, sozialen und häuslichen beschäftigten, wobei es an Anspielungen auf »die Alte« (womit ich gemeint war) nicht fehlte.

Ich sprach mich Frank gegenüber dahin aus, daß er wohl ein Haus hätte wählen können, das nicht in unmittelbarer Nachbarschaft eines Landungsplatzes und des dort herumlungernden Gesindels läge, allein er meinte, das habe nichts zu sagen, und es seien im Grunde genommen gar keine so üblen Burschen. Er habe sie gebeten, nicht mehr zu fluchen, als unbedingt notwendig sei, und sie hätten das auch versprochen; allein ich war keineswegs befriedigt.

»Denk an das, was ich sage,« sprach ich zu Maud. »Ihr werdet noch Unannehmlichkeiten mit den Menschen haben, die sich hier herumtreiben.« Und richtig, noch ehe ich wieder nach Hause ging, kam es beinahe zu einem Mord.

Die Sache trug sich so zu: Ein Freund Franks hatte Maud einen reizenden kleinen Vogel geschenkt, eine sogenannte virginische Nachtigall. Das Bauer hing vor dem Fenster nach dem Flusse zu, und da der Rasenplatz vor dem Hause sehr schmal war, konnte man vom Landungsplatze aus den Vogel sehen. Eines Tages, als ich am Fenster saß, hörte ich, wie die Leute anfingen, sich darüber zu streiten, was es für ein Vogel sei, und dann verschwanden sie alle im Wirtshaus. Als sie nach einer Weile wieder herauskamen, sprachen sie sehr heftig und wiesen immer nach dem Fenster, woran ich saß. Endlich hörte ich, wie der, den sie Zigeuner-Sam nannten, sprach: »Wenn ihr noch lange schwätzt, dann werde ich hingehen und klingeln und die Dame fragen, was für eine Sorte Vogel es ist.«

Gleich darauf kam er auch wirklich und klingelte. Da das Mädchen oben im Hause zu thun hatte, ging ich an die Thür, die offen stand.

»Was wünschen Sie?« fragte ich.

»Entschuldigen Sie, Madame, aber ich und meine Bekannten, wir haben uns gestritten, was für 'ne Sorte Vogel das ist, und wir haben eine kleine Wette gemacht. Was ist es denn für einer?«

»Das ist eine virginische Nachtigall,« erwiderte ich.

»O, so was ist's?« entgegnete er und sah etwas enttäuscht aus. »Na, ich danke auch, Madame.«

Er entfernte sich, ging aber nicht zu den andern zurück, und gleich darauf kam einer von diesen, und als er mich im Garten sah, rief er: »Verzeihung, Madame, was hat denn der Vogel für einen Namen?«

»Das ist eine virginische Nachtigall,« sagte ich noch einmal, denn ich hielt es fürs beste, ihm höflich zu antworten. Er kehrte zu den andern zurück und rief ihnen zu: »Er hat verloren, es ist eine virginische Nachtigall.«

An jenem Tage sah ich nichts mehr vom Zigeuner-Sam, aber am folgenden Tage hörten wir, es habe eine furchtbare Schlägerei im Wirtshause gegeben, weil der Zigeuner-Sam aus angeblichem Mangel an Geld sich geweigert habe, seine verlorene Wette zu bezahlen. Nachdem es zu erregten Worten gekommen sei, habe ihm schließlich einer mit einem zinnernen Kruge über den Kopf geschlagen, so daß er nach dem Krankenhause habe geschafft werden müssen.

»Das ist ja eine reizende Gegend, wo du meine Maud hingebracht hast,« sprach ich zu meinem Schwiegersohne. »Du wirst einen besonderen Schutzmann anstellen müssen, wenn nicht bald etwas geschieht.«

»O, sie werden uns nichts zuleide thun,« entgegnete er lachend. Aber der Vogel wurde an der andern Seite des Hauses aufgehängt, damit er nicht Anlaß zu weiterem Blutvergießen an diesem »idyllischen« Plätzchen gebe.

Unter den Bootsleuten, die sich immer dort aufhielten, befand sich auch ein alter Mann, der bei Maud einen großen Stein im Brett hatte. Wenn Frank keine Zeit hatte, ließ sie sich immer von ihm auf dem Flusse rudern. Eines Tages war es so schön auf dem Wasser, daß ich ihren Bitten nicht widerstehen konnte, zumal ein großes Familienboot zu haben war und sie mir versprach, es zu mieten. Wir nahmen also etwas zu lesen und einige Tücher mit, ich überwand meine Angst und es gelang mir, in das Boot, das vier Männer hielten, zu klettern, und der alte Bootsmann ruderte uns den Fluß hinauf. Es war ziemlich früh am Morgen und nur wenig Boote befanden sich auf dem Wasser.

Die Sache fing gerade an, mir Spaß zu machen, als der Mann sich erhob, um etwas in Ordnung zu bringen. Da bekam er plötzlich, ohne das geringste Vorzeichen, Zuckungen, und patsch, lag er im Wasser. In meinem Schreck rief ich meinem Kinde zu, sich ganz still zu verhalten und ja nicht nach der Seite des Bootes zu gehen, weil ich fürchtete, wir würden umschlagen und ertrinken.

Es war eine gräßliche Lage, und ich that ein Gelübde, mich nie wieder einem kleinen Boote anzuvertrauen, der arme Mann aber rang inzwischen mit dem Tode. Ich war ganz gelähmt vor Angst und konnte weiter nichts thun als zittern, aber Maud ließ sich nicht irre machen. Sie stürzte an die Seite des Bootes und ergriff den Mann an den Haaren als er auftauchte, hielt ihn fest und rief um Hilfe, während ich ebenfalls aus Leibeskräften schrie. Bald kamen auch zwei Herren in einem Boot herbei und sagten uns, wir möchten keine Angst haben. Sie zogen den armen Mann in ihr Boot und brachten ihn ans Ufer. Als sie sich entfernt hatten, hätte ich am liebsten Weinkrämpfe bekommen, wenn ich mich nicht in dem kleinen Boote gefürchtet hätte.

»Wir sind unrettbar verloren,« sagte ich zu Maud. »Wir werden über ein Wehr getrieben und zerschmettert werden.«

»Ach was, Mama,« entgegnete sie, »du brauchst dich gar nicht zu ängstigen, ich kann ganz gut rudern.« Und sie ergriff die Riemen und fing an, nach dem Ufer zu rudern.

»Es nützt alles nichts, Maud,« fuhr ich fort, »ich kann ja doch nie im Leben allein herauskommen, und du wirst gegen das Ufer anrennen, und dann schlagen wir ganz bestimmt um;« und als ich in diesem Augenblick ein kleines Dampfboot herankommen sah, zweifelte ich keinen Augenblick, daß wir übersegelt werden würden, und nun fiel mir ein, daß ich noch manche Bestimmungen für den Fall meines Todes zu treffen hatte.

»Wenn du gerettet wirst,« sagte ich daher zu Maud, »dann denke daran, daß ich die große Punschbowle, die von meinem lieben Vater stammt, für deinen Bruder John bestimmt habe, und dann sind in der obersten linken Schublade der Kommode im blauen Schlafzimmer fünfzig Pfund in Banknoten versteckt, die ich vom Haushaltungsgelde erspart habe; die sollen unter euch Kindern gleich verteilt werden, und ich will in Kensal Green, so nahe als möglich bei

meinen lieben Eltern, begraben werden, und sorge unter allen Umständen dafür, daß mir eine lange Nadel durch den Augapfel gesto-
ßen wird, damit ich ganz gewiß tot bin. Ich verlasse mich auf dich,
daß ich nicht lebendig begraben werde.«

»Aber, Mutter, sprich doch nicht so,« entgegnete Maud; »es ist
gar nicht daran zu denken, daß wir ertrinken.«

»Wenn ich mit meinen Anweisungen warte, bis wir im Wasser
liegen, ist's zu spät,« versetzte ich, und nun war das Dampfboot
auch schon dicht bei uns, und ehe ich recht wußte, was geschah,
sprang ein Herr in unser Boot, so daß es furchtbar schaukelte und
ich laut aufschrie. Er nahm Maud die Ruder ab und brachte uns ans
Ufer, wo ich mehr tot als lebendig ans Land getragen wurde.

Als wir nach Hause kamen, war ich so krank, daß ich mit einem
schlimmen Kopfweh zu Bett gehen mußte, und meine Nerven waren ganz fürchterlich erschüttert, aber nach einer Tasse starken
Thees und nachdem ich mir ein in Eau de Cologne getränktes Taschentuch um den Kopf gebunden hatte, erholte ich mich etwas,
und als Maud nach einer Weile herauf kam, um nach mir zu sehen,
fragte ich sie gleich, ob der arme Bootsmann gerettet sei. Zu meiner
großen Erleichterung teilte sie mir mit, er sei wohl und munter,
denn ganz abgesehen von meiner Teilnahme für den armen Menschen hatte ich mir die ganze Zeit ausgemalt, wie ich bei der Toten-
schau als Zeuge erscheinen müßte und mein Name in allen Zeitungen stehen würde.

Der Bootsmann that mir sehr leid, bis mir Maud mitteilte, sie habe in Erfahrung gebracht, er leide häufig an epileptischen Anfällen
und sei schon einmal ins Wasser gestürzt. Nun wurde ich natürlich
böse, denn es ist doch unerhört, daß man einem Menschen mit epileptischen Anfällen gestattet, Damen auf dem Flusse umherzuru-
dern.

»Liebe Maud,« sprach ich, als ich das hörte, »ich erwarte ganz bestimmt, daß du den Mann nie wieder nimmst. Er mag ein ganz
braver, höflicher Mann sein, aber daß du mir nicht wieder mit einem Menschen auf dem Flusse umherruderst, der jeden Augenblick
ins Wasser fallen kann und wieder herausgefischt werden muß.«

Das liebe Kind versprach mir alles; als ich aber am Abend Frank unser Abenteuer erzählte, ließ ich mir auch von ihm das Versprechen geben, daß er den Mann unter keinen Umständen mehr mieten werde, und nur auf seine ernste Bitte nahm ich davon Abstand, einen Brief über den Vorfall an den Daily Telegraph zu schreiben und alle Damen vor Bootsleuten mit epileptischen Anfällen zu warnen.

Wenn Frank abends nach Hause kam, zog er sich nach dem Essen gewöhnlich in ein kleines Zimmer zurück, das er für sich eingerichtet hatte und das er seine Werkstatt nannte. Niemand war der Eintritt gestattet, folglich war ich sehr neugierig, zu wissen, was er dort treibe. Maud sagte mir, er führe seine wunderbare Erfindung aus, von der er erwarte, daß sie ihn zum reichen Manne machen werde.

Ich habe 'mal einen Mann gekannt, der auch Erfindungen machte, und ich erinnerte mich, wie es ihm ergangen war. Ich sagte also Maud, daß mir das gar nicht gefiele, denn es sei noch nie etwas Gutes bei Erfindungen herausgekommen; allein sie entgegnete mir, Frank setze große Hoffnungen auf die seinige, und sie sei fast vollendet.

Eines Abends gegen zehn kam er ganz begeistert herunter.

»Ich hab's!« rief er und fing an, im Zimmer umherzutanzen. »Kommt mit, wir wollen's gleich 'mal versuchen.«

Er führte uns in seine Werkstatt, wo ein großer Napf mit kaltem Wasser auf dem Tische stand und daneben ein Krug mit heißem und zwei Stücke Gummischlauch – jedes hatte einen Ball in der Mitte – und am Ende jedes Schlauches hatte er die Brause einer Gießkanne befestigt.

»Du meine Güte!« rief ich, »was ist denn das für eine Geschichte?«

»Das ist mein großer neuer Patent-Selbst-Shampooer,« rief er ganz stolz, »Jedermann kann sich selbst im Schlafzimmer damit shampooieren. Er wird ziehen, wie frische Semmel.«

Ich hatte nie etwas davon gehört, daß frische Semmel zögen, aber um ihm die Freude nicht zu verderben, unterließ ich es, ihn darauf aufmerksam zu machen.

»Komm 'mal her, Maud,« fuhr er fort, »du mußt mir helfen; ich werde jetzt den ersten größeren Versuch damit anstellen.«

»Danke schönstens, ich lasse mich nicht um zehn Uhr nachts shampooieren,« entgegnete Maud.

»Könnte nicht eins von den Dienstmädchen heraufkommen, daß ich's an dem versuche?«

»Nein, mein Lieber,« versetzte Maud, »die würden sich auch weigern. Die Köchin ist nicht dazu da, um mitten in der Nacht shampooiert zu werden, und das Hausmädchen auch nicht. Versuchs doch an dir selber.«

»Das werde ich auch thun,« entgegnete er. Nun nahm er seine Maschine, steckte ein Schlauchende ins kalte, das andre ins warme Wasser, hielt dann seinen Kopf und die beiden Brausen über den Napf und fing an mit aller Macht zu drücken.

Sofort kam ein gewaltiger Schauer heraus, aber die beiden nicht gehörig befestigten Brausen fielen in den Napf, und anstatt über seinen Kopf zu strömen, ergossen sich zwei Bäche kreuzweise ins Zimmer, und Maud und ich, die wir neben dem Erfinder standen, wurden bis auf die Haut naß, ehe wir einen Laut von uns geben konnten.

Er entschuldigte sich sehr eifrig, aber was konnte uns das nützen? Ich war durch und durch naß, ebenso die liebe Maud, und mein Kleid war vollständig verdorben. Natürlich wurde ich ärgerlich und sagte ihm ordentlich meine Meinung, und dann ging ich in mein Zimmer, zog meine durchnäßten Kleider aus und legte mich zu Bett.

Kurz darauf klopfte Maud an und sagte, ich werde doch hoffentlich nicht böse sein, Frank sei ganz unglücklich über das Vorkommnis, das nur der reine Zufall herbeigeführt habe.

»Sieh dir 'mal mein Kleid an,« entgegnete ich jedoch, »und wahrscheinlich habe ich mich auf den Tod erkältet. Um zehn Uhr nachts einen Strom kalten Wassers über den Buckel zu kriegen, ist keine Kleinigkeit und kann die kräftigste Konstitution zu Grunde richten, und so ganz jung bin ich doch auch nicht mehr.«

Maud schien sehr unglücklich darüber zu sein, daß ich so aufgebracht war, deshalb versicherte ich ihr, daß ich sie im Falle eines tödlichen Ausgangs von aller Schuld freispräche, aber ich beschwor sie, wenn sie meiner mütterlichen Liebe und Obhut so vorzeitig beraubt werden sollte, fernere Erfindungen am häuslichen Herde nicht zu dulden.

»Wenn er durchaus erfinden muß,« sagte ich, »dann laß ihn in seinem Comptoir erfinden. Diesmal hat er uns fast ersäuft, das nächste Mal wird er uns das Haus über dem Kopfe anzünden. Ich habe einen Mann gekannt, der wollte ein Vermögen mit etwas verdienen, was mit so chemischen Sachen und einem Kamin zu thun hatte. Es wird wohl eine ganz großartige Erfindung gewesen sein, aber niemand ist recht dahinter gekommen, denn ehe er ganz fertig damit war, flog sein Haus in die Luft, und er wurde in einem Garten zwei Häuser weiter und seine Frau auf dem Hinterhofe eines in einer andern Straße gelegenen Hauses gefunden, und, meine Liebe, so wird dir's auch ergehen, wenn du deinem Manne das Erfinden nicht gründlich austreibst.«

Als ich am nächsten Morgen aufwachte, fand ich glücklicherweise, daß sich keine bedenklichen Anzeichen bei mir eingestellt hatten, und mein Kleid, das das Mädchen abends weggenommen hatte, war auch wieder trocken. Ich ging demnach zum Frühstück hinunter und nahm die Gelegenheit wahr, offen mit Frank zu sprechen und ihm zu sagen, daß ich nicht glaubte, er werde mit seinem Selbst-Shampooer viel Geld verdienen.

Er meinte, die Sache sei doch sehr gut, er habe sie nur nicht ordentlich ausgeführt. Wenn alles richtig festgemacht werde, dann wäre es eine reizende Einrichtung, und er hoffe, das Patent für eine bedeutende Summe an eins der großen Haarkünstlergeschäfte zu verkaufen.

Dann begann er, einen Scherz aus der Sache zu machen, und sagte, er wolle eine Posse fürs Theater schreiben, der er den Titel geben werde: »Die shampooierte Schwiegermutter.«

Aber Maud, die ein ganz kluges Mädchen ist, warf ihm einen Blick zu, der ihm sagen sollte, daß er auf gefährlichen Boden gerate, und so war es auch.

Ich erwiderte ihm, ich hoffte von Herzen, sein Selbst-Shampooer werde keinen Anklang finden, denn wenn er das thäte, würde er die Ursache von viel häuslichem Unfrieden werden, ganz zu schweigen vom Schaden an Decken und Tapeten, den er anrichten würde, und ich glaube, schließlich sah er ein, daß ich recht hatte. Er hatte nämlich noch einen Versuch gemacht, wobei ihm Mauds Hündchen unversehens gefolgt war. Diesmal lief das Wasser ihm selbst den Rücken hinunter bis in die Stiefel, und er sprang wie besessen in der Stube herum. Dabei trat er den Hund auf den Schwanz, und das können die lieben Tierchen bekanntlich nicht vertragen. Der kleine Puck rannte heulend zur offenen Thür hinaus einem Mädchen, das gerade mit einem großen Theebrett voll frisch gefüllter Einmachgläser die Treppe heraufkam, zwischen die Füße. Das Mädchen fiel, Theebrett und Einmachgläser rollten die Treppe hinab und gingen in Stücke. Das ganze Haus war eine einzige Masse von Erdbeermarmelade; Wände, Fußboden, Vorhänge, alles war damit bedeckt.

Eine solche schreckliche Wirtschaft ist mir im Leben noch nicht vorgekommen, und als die arme Maud herausgestürzt kam und sah, wie ihr hübsches Haus zugerichtet war und wie Frank mit ganz entsetztem Gesicht und dem unseligen Selbst-Shampooer noch in der Hand oben an der Treppe stand und ihm das Wasser aus den Stiefeln lief, da ahnte sie, was vorgefallen sei. Sie riß ihm die greuliche Erfindung aus der Hand, warf sie zu Boden, trampelte darauf herum und erklärte, ihr Mann müsse zwischen ihr und dem Selbst-Shampooer wählen; dasselbe Dach könne sie nicht bedecken.

Ja, ja, die liebe Maud hat Haare auf den Zähnen. Ich kann mir gar nicht erklären, wo sie's her hat; es müßte denn von ihres Vaters Seite kommen.

Ende des ersten Bandes.

Über tredition

Eigenes Buch veröffentlichen

tredition wurde 2006 in Hamburg gegründet und hat seither mehrere tausend Buchtitel veröffentlicht. Autoren veröffentlichen in wenigen leichten Schritten gedruckte Bücher, e-Books und audio-Books. tredition hat das Ziel, die beste und fairste Veröffentlichungsmöglichkeit für Autoren zu bieten.

tredition wurde mit der Erkenntnis gegründet, dass nur etwa jedes 200. bei Verlagen eingereichte Manuskript veröffentlicht wird. Dabei hat jedes Buch seinen Markt, also seine Leser. tredition sorgt dafür, dass für jedes Buch die Leserschaft auch erreicht wird.

Im einzigartigen Literatur-Netzwerk von tredition bieten zahlreiche Literatur-Partner (das sind Lektoren, Übersetzer, Hörbuchsprecher und Illustratoren) ihre Dienstleistung an, um Manuskripte zu verbessern oder die Vielfalt zu erhöhen. Autoren vereinbaren direkt mit den Literatur-Partnern die Konditionen ihrer Zusammenarbeit und partizipieren gemeinsam am Erfolg des Buches.

Das gesamte Verlagsprogramm von tredition ist bei allen stationären Buchhandlungen und Online-Buchhändlern wie z. B. Amazon erhältlich. e-Books stehen bei den führenden Online-Portalen (z. B. iBookstore von Apple oder Kindle von Amazon) zum Verkauf.

Einfach leicht ein Buch veröffentlichen: **www.tredition.de**

Eigene Buchreihe oder eigenen Verlag gründen

Seit 2009 bietet tredition sein Verlagskonzept auch als sogenanntes "White-Label" an. Das bedeutet, dass andere Unternehmen, Institutionen und Personen risikofrei und unkompliziert selbst zum Herausgeber von Büchern und Buchreihen unter eigener Marke werden können. tredition übernimmt dabei das komplette Herstellungs- und Distributionsrisiko.

Zahlreiche Zeitschriften-, Zeitungs- und Buchverlage, Universitäten, Forschungseinrichtungen u.v.m. nutzen diese Dienstleistung von tredition, um unter eigener Marke ohne Risiko Bücher zu verlegen.

Alle Informationen im Internet: **www.tredition.de/fuer-verlage**

tredition wurde mit mehreren Innovationspreisen ausgezeichnet, u. a. mit dem Webfuture Award und dem Innovationspreis der Buch Digitale.

tredition ist Mitglied im Börsenverein des Deutschen Buchhandels.

Dieses Werk elektronisch lesen

Dieses Werk ist Teil der Gutenberg-DE Edition DVD. Diese enthält das komplette Archiv des Projekt Gutenberg-DE. Die DVD ist im Internet erhältlich auf **http://gutenbergshop.abc.de**